Peter Rosei
Das Märchen vom Glück

Peter Rosei

Das Märchen vom Glück

Roman

Residenz Verlag

MIX
Papier aus verantwortungsvollen Quellen
FSC® C014496
FSC
www.fsc.org

Bibliografische Information der Deutschen Nationalbibliothek
Die Deutsche Nationalbibliothek verzeichnet diese Publikation in der Deutschen Nationalbibliografie; detaillierte bibliografische Daten sind im Internet über http://dnb.dnb.de abrufbar.

www.residenzverlag.com

Umschlaggestaltung: buero 8/Thomas Kussin
Typografische Gestaltung, Satz: Ekke Wolf, typic.at
Lektorat: Jessica Beer
Gesamtherstellung: GGP Media GmbH, Pößneck

ISBN 978 3 7017 1741 5

Wir danken für die Unterstützung:

Stadt Wien

LAND SALZBURG
Kultur

Es wird mir ganz angst um die Welt,
wenn ich an die Ewigkeit denke.
Georg Büchner

1

Lena arbeitete als Altenpflegerin. Sie war nicht diplomiert und machte ihren Job nur so. Wie sie später dem András erzählen sollte: »Meine erste Stelle hatte ich bei einer alten Dame in der Inneren Stadt. Ich musste ihr fast jeden Tag aus den Liebesbriefen vorlesen, die sie als junge Schönheit einmal bekommen hat. Wir saßen so da am Fenster, ich ihr gegenüber, drunten der Verkehr. Da hat sie geweint – und ich bald mit ihr, was vielleicht dumm von mir war. Aber schön war es.« Dann setzte Lena gern mit verstellter Stimme nach: »Machen Sie mir bitte eine neue Windel, Frau Lena! So hat die alte Dame nach dieser Vorleserei öfter gesagt. Ich musste sie ja wickeln. Schließlich, sie war über neunzig! Sie hat mir dann eine Menge Kleider vermacht – aber was hätte ich damit schon anfangen sollen?«

Für gewöhnlich war Lena nicht sehr gesprächig. »Das Schweigen und Stillhalten hab ich mir im

Beruf angewöhnt. Schließlich reden die Angehörigen laufend herein, die regen sich auf: Machen S' dies, machen S' das, Lena! – Da sagst du am besten gar nichts und arbeitest weiter. – Haben S' das schon gemacht, Lena? Und jenes? – Gehst du für die alten Leute auch einkaufen, heißt es: Sie waren doch gestern erst einkaufen! Wer isst denn die vielen Semmeln, wer trinkt denn so viel Kaffee – und so weiter: Ich kann dir vielleicht ein Lied singen! Wie geizig und kleinlich manche Leute sein können.«

Lena stammte aus der Steiermark her, aus einer Ortschaft im Süden, an der slowenischen Grenze. Die Kirche am Ende der Hauptstraße war das einzige Gebäude, das da aus der Reihe tanzte: Alle anderen Gebäude glichen einander aufs Haar. Mit dem sonntäglichen Kirchegehen war Lena groß geworden, beim Kirchegehen blieb sie. Ein Sonntag ohne Kirche, das wäre kein rechter Sonntag für sie gewesen. In der Stadt fiel sie damit auf: Regelmäßig kommen doch nur ganz alte Frauen zum Gottesdienst, zu den diversen Andachten und Vespern. Lena war fünfunddreißig, als sie den András kennenlernte. Der hatte mit dem Kirchegehen aber nicht so viel am Hut.

*

Der Raum war etwa vier auf drei Meter groß, wobei eine der Langseiten vollverglast war: ein großes, breites Fenster, allerdings bis auf Brusthöhe mit milchigweißer Sichtschutzfolie abgeklebt. Von der Straße her, einer stillen Nebenstraße, fiel nicht allzu viel Licht herein, sodass meist die Beleuchtung, ein einfacher Neonbalken, eingeschaltet war.

Der Raum war Teil der Lagerräumlichkeiten eines großen Supermarktes, die insgesamt fast genauso groß waren wie das Geschäft selbst: Auf Regalen oder Paletten, aber auch in den Transportkörben, in denen sie angeliefert wurden, standen die Waren herum. Das Lager war ein Labyrinth, wenn auch ein planmäßig angeordnetes. Freilich, jedes Labyrinth hat seine Ordnung. – Ferner gab es einen Umkleideraum für das Personal, eine winzige Teeküche und eben diesen Raum zur Straße hinaus, der, wenn er denn überhaupt benannt wurde, Manipulationsraum hieß – meist sagten die Angestellten einfach: *hinten*.

Der Raum war auch dadurch besonders, dass man von dort, über einen anschließenden Gang, an dem auch die Toiletten lagen, auf die stille Nebenstraße hinaustreten konnte: Ideal für die Raucher, die da immer einmal hinausschlüpften, um bei einem kurzen Plausch rasch eine durchzuziehen: »War gerade auf der Toilette!«, sagten sie dann zum Filialleiter, wenn sie ihm auf dem Rückweg in die Quere kamen.

Steinamanger, zu Ungarisch Szombathely, liegt etliche Kilometer von der Grenze zu Österreich ab, am Rand der großen ungarischen Ebene. Steinamanger ist keine kleine, wenn auch keine große Stadt. Im Kern alt und früher auch wohlhabend und geschäftig, hatten die Kommunisten allerhand Industrien hier angesiedelt. Solange der Ostblock bestand und also auch der nicht zuletzt durch den Eisernen Vorhang separierte und abgeriegelte Wirtschaftsraum, florierten diese Industrien. Heute sieht man, fährt man aus der Stadt hinaus, die Mauern der stillstehenden oder schon zu Ruinen zerfallenen ehemaligen Fabriken hinter Unkrautstauden, daneben die aufsprießenden neuen Niederlassungen ausländischer Konzerne.

»Was hätten wir früher drüben in Österreich auch schon zu suchen gehabt, mit unserem Geld – ganz abgesehen von der gesperrten Grenze?«, stellte András denn auch gern die rhetorische Frage, wenn einmal die Rede auf seine Herkunft kam.

Zu Anfang war András meist im Manipulationsraum beschäftigt. Um ehrlich zu sein: Das war ihm auch am liebsten so. Er arbeitete gern für sich allein. Sein Deutsch war nicht allzu gut.

Unterbrach er dann hin und wieder, trat er vor die Tür hinaus, um eine zu rauchen.

Vor allem die Obst- und Gemüsevitrinen waren das Revier des András. Die meiste Ware kam ja fertig abgepackt herein, brauchte also nur ein- und nachgeschlichtet zu werden. Gelegentlich allerdings, insbesondere zur Haupterntezeit gewisser Obst- und Gemüsesorten, kamen die Früchte auch in großen Containern und wurden erst in der Filiale abgepackt: Äpfel, Birnen, Orangen, Zitronen – aber auch Kartoffeln, Zucchini oder Karotten.

Im Manipulationsraum werkte András an einem großen Tisch: Er hatte da eine Metalltrommel, von der er die Plastiknetze abzog, mit einem Metallklip verschloss, sie mit eingewogener Ware füllte, zuletzt auf der anderen Seite wieder verschloss und auf einer Palette verstaute. Daneben war es seine Aufgabe, die in den Vitrinen ausgelegte Ware laufend zu überprüfen, etwa faul oder unansehnlich Gewordenes auszusortieren und *hinten* das noch Brauchbare neu abzupacken – um es dann frisch wieder auszulegen.

Freilich, war in seinem Revier nichts zu tun, wurde er auch zu anderer Arbeit eingeteilt, meist aber im Lager: Da hieß es, Lattenkisten und Emballagen möglichst klein zusammenzustauchen, um sie für den Abtransport ins Recycling platzsparend in Rollcontainern unterzubringen. András war kräftig, eher gedrungen die Statur, beinah bullig: der Nacken kurz, der Kopf fast rund, das Gesicht breit. Ein wenig sah er mit seinen dichten, schwarzen Haaren wie ein kleiner Stier aus. András hatte dunkle Augen, die bei Gelegenheit, insbesondere wenn er zornig war oder sich für etwas begeisterte, feurig aufblitzen konnten – Letzteres kam allerdings selten vor. Meist war er still und in sich gekehrt, was man so nennt: »Ich weiß nicht, was die Leute so viel zu reden haben«, sagte er gern. »Bist halt kein richtiger Wiener!«, sagten darauf die Leute, die ihn insgeheim wohl für ein wenig belämmert hielten.

Wenn ihn aber etwas beschäftigte und wirklich echt anging, schaute einem der András direkt in die Augen. Er hielt dann fast stur den Blick. Offenbar glaubte er, dass Ehrlichkeit sich so zeigt: im direkten Blick. Es wäre ihm wohl nie eingefallen, dass man auch so, auf diese Art, lügen kann – die anderen belügen oder, was vielleicht schlimmer ist, sich selbst.

Visvary András, wie er mit vollem und richtigem Namen und nach ungarischer Schreibung hieß, war gleich nach der Schule in eine Konservenfabrik, am Stadtrand von Steinamanger gelegen, eingetreten. Nicht in der eigentlichen Produktion war er beschäftigt gewesen, vielmehr hatte er als

Lager- und Platzarbeiter mit dem Zusammenstellen von Lieferungen, ihrer ordnungsgemäßen Verpackung und Verladung zu tun gehabt.

Man muss sich ein von einer Ziegelmauer umgebenes Areal vorstellen, etliche Lagerhallen, dazu das eigentliche Werk, das sich als zweigeschossiger, glatt verputzter Bau deutlich und prominent abgehoben hatte. Außerhalb der Umfassungsmauern unbebaute Grundstücke, wo zwischen allerhand Unkraut öfter Raubvögel aufgeflogen waren. Steil und senkrecht stiegen die auf: Ging gegen Ende des Winters der Schnee weg, sah man im jauchigen Boden die Gänge der Mäuse, die diese wirr und planlos unter dem Schnee gegraben hatten, freilich, was die Raubvögel anging, doch wohl eher umsonst.

András wohnte in einem der Plattenbauten am Stadtrand. Er hatte da ein Zimmer, noch bei den Eltern, die auch in der Konservenfabrik gearbeitet hatten, der Vater als Maschinenmeister, die Mutter am Fließband. Die Wohnung war nicht schlecht gewesen, im Sommer vielleicht ein wenig heiß, hatte sogar einen Balkon gehabt, der freilich als Abstellraum benutzt wurde und mit allerhand Zeug vollgestellt gewesen war.

»Bei meinem Gehalt hätte ich mir eine eigene Wohnung auch gar nicht leisten können. Was verdienst du denn schon – als ungelernter Anfänger?

So habe ich gehofft, dass einmal eine andere Zeit kommt. Und sie ist ja auch gekommen!«, schloss András derlei Berichte mit einem in gewisser Weise triumphierenden Unterton ab, wenn er auch gleichzeitig den Kopf senkte, als gäbe es da doch einen Haken.

»Warst ja ein richtiges Muttersöhnchen! Bist an der Kittelfalte gehangen, was?«, bekam er dann öfter von den Kollegen zu hören. Er zuckte bloß mit den Schultern, machte eine bärbeißige Miene, sagte aber nichts darauf.

Der Haken, der András bei solcher Gelegenheit aufkam und sich spießte, war der: Wie lange hatte er die Eltern nicht gesehen! Wie lange hatte er ihnen nicht geschrieben! Zwar gingen gelegentlich Briefe hin und her. Mühsam stoppelte er ein paar Zeilen am Tisch in seinem Wiener Untermietzimmer zusammen. Was sollte er schreiben? Was könnte die Eltern denn interessieren? Es ging so gar nichts vor in seinem Leben. Ein Tag wie der andere. Zwar, der letzte Brief lag Wochen zurück ... – Las er die Briefe der Eltern, und er las sie öfter, war ihm, als kämen diese Briefe aus einer Welt, die ihm jetzt verschlossen war, die es, so richtig, für ihn gar nicht mehr gab. Und dort habe ich einmal gelebt? Sie würden bald sterben, die beiden Alten. Was dann? War dann alles vorbei und versunken? Aber es gibt doch ein Erinnern, es gibt doch etwas, das bleibt? András stellte sich diese Fragen nicht so direkt, wie das jetzt hier steht. Bloß so dem Sinn nach. Die Eltern tauchten ihm dann undeutlich auf, klein und fortgerückt – gingen sie nicht gerade über einen großen Platz, auf dem es Abend wird, wo die Lichter schon anspringen? Wohin und wozu? – Was für Ideen!

Spät erst war András von der allgemeinen Aufbruchstimmung erfasst worden. Viele seiner Landsleute arbeiteten schon im Westen. Manche pendelten, manche gingen ganz fort. Auf einmal fühlte der András ganz deutlich: Würde er jetzt nicht gehen, es wäre zu spät. Es wäre dann zu spät. Es war Zeit. Der richtige Moment! Bestimmt würde alles jetzt besser für ihn werden: hell und kugelrund! Ihn hielt doch nichts in Szombathely. Was auch? Selbst die Eltern hatten ihm zugeredet: »Bist doch jung, András!«, sagten sie. Er war dagestanden, den Blick zu Boden gesenkt, unschlüssig. – Es kam der Tag, wo er das Nötige rasch zusammenpackte, eine Bahnkarte kaufte und nach Wien fuhr.

Zuerst hatte er schwarz gearbeitet, was eben gerade so anfiel. Schnelles Geld! Er und seinesgleichen standen an der Stadtausfahrt Richtung Süden, Triester Straße, unter der großen Bahnbrücke: Der Verkehr rollt heran. Dieser oder jener schert aus der Kolonne aus, bleibt stehen: Es wird verhandelt, gefeilscht, und wenn es passt, steigt man ein.

Man schien auf ihn, András, tatsächlich gewartet zu haben. Es lief gut, ja bestens.

Eines Tages im Frühling, es war einer dieser ersten Sonnentage gewesen, ein Samstag dazu, hatte er beschlossen, nicht an die Triester Straße zu gehen, er hatte Geld in der Tasche, und also: Da nahm sein Leben eine wundersame, eine jähe und ganz unerwartete Wende.

An diesem Tag war er, verlockt vom Sonnenschein und den Stimmen der Vögel, die aus den Bäumen der Grünanlagen und Parks zu ihm herdrangen und die ihm vorkamen wie rosa Primeln oder gelbe Himmelsschlüsseln, die frech aus dem Himmelsblau sprangen, da war er in den Prater gefahren – was er öfter schon getan hatte: Im Prater konnte man sich richtig ausgehen, da war man frei. Überkommt einen der Hunger, isst man irgendwo eine Grillwurst oder ein Schnitzel. Legt sich danach gemütlich in eine Wiese, die Arme hinter dem Kopf verschränkt, schläft oder träumt einfach vor sich hin. Kommt der Abend, kann man das eine oder andere Bier trinken gehen, vielleicht einen Schnaps dazu.

Später sollte András, dachte er an diesen besonderen Tag zurück oder erzählte er davon, gern die Formulierung verwenden: *wie im Roman.* Dabei dachte er gar nicht an einen Roman, er las keine Bücher, sein Deutsch war ja zu schlecht, ungarische Bücher fanden sich in Wien nicht, er dachte an Fernsehserien, die er sich gelegentlich abends in seinem Zimmer ansah. Der Fernseher war überhaupt eine seiner ersten Anschaffungen gewesen. Vor allem wegen der Sportübertragungen. In den Filmen, in die er so hineinrutschte, kam es zu den buntesten, zu den seltsamsten Verwicklungen, meist gegen Schluss. Oft ging alles ganz unerwartet aus. So etwas wäre ihm nie eingefallen. Da führte, was geschah, oft gerade zu seinem Gegenteil! Man stellt sich doch etwas vor, rechnet sich etwas aus: nichts da!

*

Ohne Ziel oder besondere Absicht ging er zwischen den Bäumen des Praters. Unscharf erinnerte ihn alles an früher, an Szombathely. Gab es nicht auch dort einen großen Teich – mit einer Insel dazu – und auf dem Teich fuhren Boote? Auwald. Weiden, Pappeln und Erlen. Wie dunkel und ernst waren die aufragenden Bäume. Wie ehrwürdig und feierlich. Glitzernde Schnüre sanken aus der Blätterkuppel herab, die oben, zwischen den Zweigen, von Sonnenlicht durchwirkt war.

Eine Weile ging András so dahin. Ihm war, als könnte er das Lachen, die Rufe und Ausrufe vergnügter Menschen, aus dem Hintergrund hören, dabei war es, wenn er recht hinhorchte, nur das Raunen und leise Klingeln der Blätter.

Unversehens kam er an einen Wasserarm. In breiter Schleife bog er sich da vor ihm weg. – Noch nie war András so weit in den Wald hineingegangen.

Wie war das nur gewesen? Er hatte den Bootssteg und das daran liegende Boot entdeckt, und gleich war der Wunsch da gewesen, eine Ruderpartie zu machen.

Ich bin ans Ufer hinunter, zum Steg. Es lag nur ein Boot am Steg – andere Boote konnte man, klein und bunt, weit unten in der Schleife des Flussarmes sehen. Zwei Frauen verhandelten gerade mit dem Bootsverleiher, die eine blond, die andere schwarz. Seltsam: Wenn ich mich zu erinnern suche, sehe ich bloß die Haare, als Wolken – und die Gesichter: rosa.

Der Mann, der Bootsverleiher, hat gesagt: »Na, vielleicht kann euch der Herr da ja rudern, euch beide? Wie wäre denn das?«

Sie haben gelacht, der Mann half den Frauen

ins Boot. Dann war es an mir. Ich sprang hinein, setzte mich, nahm die Ruder – und wie ich ruderte.

Man macht sich miteinander bekannt. Also, Lena und Sonja, sie sitzen hinten im Boot, auf der Bank, die Beine überschlagen. Stretchjeans. Stöckelschuhe, Tattoos: Die eine hat ein Herz am Knöchel tätowiert, die andere einen Kussmund am Hals.

»Wo kommt ihr denn her?« Aus Straß in der Steiermark die Lena, die Blonde. Sie hat ein rundes, offenes Gesicht, wie ein Bub eigentlich, und klare, helle Augen. »Wo ist denn das, dieses Straß – irgendein Kaff?« Sie lacht laut heraus. »Kein Kaff! Straß – das ist der berühmte Grenzort. Liegt an der Grenze. Noch nie gehört? – Und du, du bist ein Ungar!«, sagt sie dem András direkt auf den Kopf zu. »Woher weißt du?« – »Das hört man doch!« – »Und was machst du, ich meine, was arbeitest du – hier in Wien?« – »Altenpflege.« Alles kommt ein wenig atemlos, schnell, es gibt ja so viel zu erzählen, viel wird auch gelacht, und András schaut, während er die Ruder durchzieht, mit schief gelegtem Kopf zu den Frauen hinauf.

»Und du?« Die andere, Sonja, die Dunkle, ist Putzfrau in einer großen Firma. »Und du, wo kommst du her?« – »Na, rat' einmal!« – »Weiß nicht.« – »Ich bin aus Wien. Hört man das nicht?« Gelächter.

»Da macht ihr euch einen schönen Tag?«

»Ja. Wir machen uns einen schönen Tag.«

Freilich, es ist wirklich ein schöner, ein wunderschöner Tag, vom Wasser her ist es noch kühl, aber vorn, wo der Flussarm sich biegt, kommt breit die Sonne über die Bäume herein, die Frauen lassen ihre Hände ins Wasser hängen, plantschen darin.

Es war wie ein Tor, wie ein großes Tor, durch das wir so in den Tag und die Stunde hineingefahren sind.

Später, im Volksprater, die Märchenbahn, die Geisterbahn, das Wasserschloss, die Hochschaukel, wir lassen nichts aus, wir sind jetzt ein Trio, wir fahren und fliegen hoch, da sind wir einander ganz nah, unter Gelächter und kleinen Schreien der Frauen.

Und ich bin der Mittelpunkt, ich, András.

Ich schau der Lena kurz in die Augen, es ist am großen Ringelspiel, ich erinnere mich, an der Kassa, sie sucht in ihrer Handtasche nach der Börse, und ich sage: »Nein, nein – ich mach' das schon!«, und ganz unbedacht schau ich ihr dabei in die Augen: in dieses Helle, Klare, das ein wenig wie Eis ist – und, kehr um die Hand, wieder warm, wie Honig.

Wir sitzen im Biergarten, die Sonne steht schon tief, blitzt nur gelegentlich zwischen den Baumstämmen und Ästen durch, Kastanien mit weißen, ein wenig schon abgeblühten Kerzen, den dunklen Wedeln, der Tisch vor uns voll leerem, dreckigem Geschirr. Wir haben es uns gut sein lassen.

»Ich lass' euch jetzt allein, euch zwei«, sagt Sonja da, steht einfach auf, zwinkert uns zu und geht.

»So bleib doch!«, rufen wir wie mit einer Stimme – aber ganz ehrlich gemeint ist das nicht.

Wie aus schlechtem Gewissen reden wir zwei dann über nichts anderes als gerade über die Sonja, was die für eine ist, wo sie arbeitet, dass sie Pech in der Liebe gehabt hat, dass sie ein feiner Kumpel ist und so weiter – wir reden und reden.

*

Es gab da ein kleines Problem, das ich erwähnen muss. Aber was heißt da: Problem? – Als ich nach Wien kam, hat mich ein Landsmann bei sich unterkommen lassen, ich hatte ja keine Wohnung, kein Zimmer – und keine Ahnung, wie man sich über kurz eine beschafft. Also, der Lajos hat mich auf der Couch schlafen lassen, der war so nett.

Was soll ich viel erzählen? Es war ein Abend, der war auch im Prater. Der Lajos und ich waren ganz bierselig, ich weiß nicht, wie viel wir getrunken hatten. Es war gerade so ein Abend wie der mit der Lena. Ein Sommerabend. Vor der großen Schaukel, der Schiffsschaukel, wir stehen da und schauen zu, wie die große Schaukel hin und her geht, da legt mir der Lajos den Arm um die Schultern.

Der Himmel war schwarz, warm und dicht die Luft, und die Sterne waren wie Löcher, durch die es hell heruntergeblitzt hat.

*

Nach Straß, in Lenas Heimatort, komme ich erst Jahre später, da sind Lena und ich längst ein Paar. Mittlerweile sind wir zusammengezogen, wir haben jetzt eine gemeinsame Wohnung, in Ottakring draußen, in einer Parallelstraße zum Gürtel.

Im Vergleich zu Szombathely ist Straß, wie sich herausstellt, doch nur ein Kaff. Natürlich – ich sage Lena nichts davon. Zwar, es gibt ein Schloss in Straß, das jetzt allerdings eine Kaserne ist. Das Kriegerdenkmal. Das Gasthaus, wo sich die Soldaten besaufen. Und dann diese einzige Straße mit zwei, drei höheren Häusern, ein Kaufhaus und noch ein Kaufhaus – und eine Apotheke, so viel ich mich erinnere. Kukuruzfelder rundherum, Getreidefelder, ein dunkler, sich fortschlingender Fluss, der drüben, weiter drüben, unter Bäumen vorbeifließt.

Wir sind nicht aus Neugier oder gar zum Besichtigen gekommen, sondern wegen der Gräber. Lenas Eltern leben nicht mehr, sind lang schon tot. Das war vor *meiner* Zeit. Die Menschen sind doch nur Stöckchen, kommt mir vor, die einer in die Luft wirft: Eins fällt schnell, das zweite langsamer – weil's höher geworfen war. Manches fällt schneller. Jetzt liegen sie zusammen im Grab, Lenas Eltern. Wie tot sein ist? Weiß der Teufel: Man kann sich's nicht vorstellen oder ausdenken. Man lebt oder ist tot. Wir gehen ans Grab, jäten Unkraut, setzen ein paar Blumen, zünden ein Licht an, wie es sich gehört.

Mittagessen im Wirtshaus an der Hauptstraße. Es gibt Wiener Schnitzel mit Kartoffelsalat. Ein Mann kommt von der Theke herüber, im ersten Moment erkennt ihn die Lena nicht: ein Bekannter von früher! Er arbeitet jetzt bei der Gemeinde, wie sich herausstellt, hat Karriere gemacht, ist verheiratet, hat zwei Kinder.

Sie reden ein wenig, lachen über irgendeine längst vergangene Geschichte, lang her alles – fast bin ich ein bisschen eifersüchtig, weil ich nicht alles weiß oder kenne, was die Lena so erlebt hat.

Der Friedhof ist vor der Ortschaft draußen, mitten im Feld. Ein eisernes Kreuz, schwarz angestrichen – da liegen die Eltern. Ich hole eine Kanne, die man am Brunnen gratis nehmen kann, wir wässern die frisch eingesetzten Blumen, stehen herum und beten. Was bete ich? Eigentlich nichts. Der Himmel ist leer über den Feldern, nur am Rand unten ist ein Hitzegekräusel – wird wohl ein Gewitter kommen.

*

Der Filialleiter nimmt mich eines Tages beiseite. Was will denn der? »Herr Visvary, ich schaue Ihnen jetzt die längste Zeit zu. Sie sind verlässlich, sind immer pünktlich, erledigen jede Arbeit ordnungsgemäß. Hätten Sie nicht Lust, einen weiterbildenden Kurs zu machen? Sie wären dann bald einmal der Zuständige für die Frischwarenabteilung, für Obst und Gemüse.«

»Was wäre denn das?«

»Nun, Sie müssten die Bestellungen an die Zentrale durchgeben, den Bedarf einschätzen, die Lagerhaltung im Auge haben – und was da noch alles so dranhängt.«

Lena war begeistert. »Du wirst noch Filialleiter, András! Bestimmt wirst du Filialleiter.« Sie hat mich tatsächlich angesteckt. Zwei Mal in der Woche bin ich in den Kurs gegangen.

Die Gasse, in der ich mit Lena gewohnt habe, ist grau und nicht weiter bedeutend. Vorne, wo sie in eine größere Straße einmündet, ist ein kleiner Park. Es sind diese typischen Wiener Häuser, eins neben dem anderen, grau und mit kleinen Giebeln über den Fenstern. Und doch kam mir manchmal vor, es wäre die schönste Straße von der Welt, in der wir da wohnten.

Es ist doch schön auf der Welt, dachte ich dann und musste lächeln, weil mir das noch nie zuvor eingefallen war.

Zu Anfang arbeitet Lena im achten Bezirk. Sie hat da einen alten Herrn zu pflegen. Ein schwieriger Patron! Ich habe vergessen zu sagen, dass unsere Wohnung im sechzehnten Bezirk liegt, dem achten genau gegenüber. So hat Lena nur einen Sprung zur Arbeit: Sie bleibt im Bett liegen, während ich herausmuss, meine Filiale ist im Dritten, am anderen Ende der Stadt. Wir sperren um halb acht Uhr auf. Es war mir immer leid darum, dass ich die Lena allein zurücklassen musste.

Unsere Wohnung geht auf einen Hinterhof, aber geräumig, mit Bäumen und so. Etwas dunkel. Wir konnten günstig mieten, leider nur auf drei Jahre. Es gab eine tolle Küche, mit allen Schikanen. Man weiß ja nie, wie es mit der Miete weitergehen wird. Du kaufst Möbel, ein Bett, einen Kasten und so weiter. Ob die in eine andere, eine neue Wohnung auch hineinpassen werden, ist die Frage.

Abends hole ich Lena ab. Jetzt, wo ich mich an sie zu erinnern suche, komme ich ihr am nächsten – nicht, wenn ich sie mir im Bett vorstelle oder in der Küche oder bei Tisch – nein, ich sehe sie, wie sie aus dem Haus da heraustritt, wie sie über die kleine Treppe herunterkommt und so tut, als würde sie mich nicht sehen, als würde sie nicht wissen, dass ich da auf sie warte. Auf einmal hebt sie den Blick, ihre Augen gehen auf, und sie sagt: Da bist du ja!

Es ist gerade dieser Moment. Warum ist er mir so wichtig? Lena lächelt. Es ist ein bloß angedeutetes, ein kleines Lächeln, wenn man so sagen kann; doch ist es immer frisch – wie zum ersten Mal. Das will ich festhalten. Ich kann es aber nicht festhalten. Nur der Kopf wird mir ganz groß und schwer dabei, wie ein Krug voll mit Wasser.

Lena war blond, dunkelblond, wie man sagt. Feste Wangen, eine Stupsnase – aber hell, hell das Ganze! Da war dieses kleine Doppelkinn, wo ihre Stimme herkam, eine weiche, eine melodische Stimme. – Sie war nicht schön, Lena, nein, ihre Stimme war schön, für mich war sie schön, wie soll ich sagen: Mein Leben war schön, dann weniger, dann nicht mehr.

»Wie ist sie denn so im Bett, deine Holde?«

»Das geht euch einen Dreck an!«

»Ah – der Herr Filialleiter!«

Die Kollegen nehmen mich auf die Schaufel. Zwei Mal die Woche gehe ich in den Kurs, abends muss ich lernen. Lena ist ja begeistert, dass aus mir etwas werden soll. Aber sie geht doch auch gern ins Kino, in die Pizzeria, in die Disco. Alles auf einmal geht sich nicht aus. Manchmal hole ich sie in der Josefstadt ab, aber sie kommt nicht. Sie kommt dann später, kommt später heim und sagt: Es war noch ein Weg.

Kino ist öfter. Lena schwärmt für bestimmte Schauspieler. Wir gehen die Straße hinunter, Hand in Hand. In der Innenstadt sind die Straßen ganz anders als in der Vorstadt. Viel heller und freundlicher, wegen der vielen Geschäfte und Auslagen. Da sehe ich Lenas Gesicht sehr gut: fest und breit, und ihre Augen, die jetzt, wo sie begeistert ist, noch heller strahlen, vor guter Laune glänzen.

Ich sage: »Was hast du nur mit diesem DiCaprio!«

»Das ist ein Mann!«

»Bin ich kein Mann?«

Da lacht sie und fährt mir an den Schenkel.

Manchmal gehen wir aus, und es ist dann immer wie ein kleines Fest, auch wenn wir nur Spaghetti oder eine Pizza essen, Wein dazu, eine Kanne gelegentlich, wo der Wein aus einem Hahnenschnabel herausrinnt. Lena trinkt gern. Sie ist dann lustig; übermütig. Aber nicht laut. Der Restaurantbesitzer stellt uns eine Kerze her, zündet sie an. Wie festlich sich das macht!

*

Stell dir vor, ich bau' bei der Lena an, wir kriegen ein Kleines! Es war in Rimini, in Italien. Ein Arbeitskollege hat mir den Tipp für das Hotel gegeben, direkt am Meer. Die hatten da eine Art Espresso oder Bar am Strand, wo wir abends was tranken. Am Zimmer war's schön, mit Balkon, hoch oben, sodass keiner hereingesehen hat. Wir lieben uns. War das Kind jetzt von mir?

Eines Abends, wieder in Wien, sagt die Lena zu mir: »Du, ich glaub, bei mir hat's eingeschlagen.«

Da stehe ich da, und ich weiß nicht, was sagen. Weil ich sie lieb hab, sage ich: »Freust du dich?« Und sie sagt: »Freust du dich nicht?« Und ich darauf: »Natürlich freue ich mich!«

Ab und zu, wenn Lena mit dem Mann, den sie betreut, einmal wieder abends aus ist, meist auf Verwandtenbesuch – er hat da einen Neffen, der auf das Erbe spekuliert, sagt Lena –, dann treffe ich den Lajos, gelegentlich, aber es ist nichts zwischen uns beiden, es ist nur, dass wir früher ja zusammen gewohnt haben, da gibt's was zu erzählen.

Wir sitzen in der Laube, beim Heurigen oder so, der Lajos lacht gern, wenn er getrunken hat, und Schmetterlinge und jede Menge Mücken fliegen oben um die Lampe herum, bis die eine oder andere verbrennt.

*

Es beginnt mit Halsweh, so einer Art Husten. »Ich muss immerzu husten«, sagt Lena. »Wirst dich wohl verkühlt haben«, sage ich. Da lacht sie und klopft auf ihr Bäuchlein.

Das Bäuchlein wächst langsam, doch andererseits kommt's einem wieder schnell vor: Heute noch kann ich Lena ganz leicht umfassen, morgen schon weniger gut. Die Haut wird schlecht. Die Lena war immer ganz glatt und rosig; jetzt hat sie eine Art Ausschlag, kleine Pusteln – im Schritt und bald überall. »Das kommt vom Kind«, sagt der Doktor, »das ist ganz normal.«

Der Husten wird schlechter. Ich hole Lena jeden Abend ab. Der alte Herr muss jetzt nicht mehr zu seinem Neffen. Der Kursleiter hat keine Freude mit mir, weil ich so oft ausbleibe. Aber mein Filialleiter regelt das für mich. Der Herr Korbin, der Filialleiter: Das ist ein eigenes Kapitel, ein Kapitel für sich.

Der Herr Korbin ist ein kleiner Mann, immer adrett in seinem hellgrauen, sauberen Arbeitsmantel, sehr korrekt, ein feiner Mann, wie man sagt. Ich meine, er hält sehr auf sich, auf alles, was mit ihm zu tun hat. Alleinstehend. War nie verheiratet. »Der ist mit der Firma verheiratet!«, heißt es.

Denke ich an Herrn Korbin, sehe ich zuallererst die lederne Aktentasche, mit der er jeden Tag zur Arbeit kommt. Es ist eine einfache, braune, etwas abgetragene Tasche, und irgendwie passt sie gut zu dem sparsamen Lächeln vom Herrn Korbin und zu der Art, die er überhaupt an den Tag legt. Freilich, er kann auch ungehalten und streng sein, der Herr Korbin, das kommt selten vor. Nicht zu viel, nicht zu wenig, ist die Devise. Und doch: Manchmal gibt er viel, der Herr Korbin – mehr vielleicht, als einer verdient.

*

Lena erzählt mir jetzt gerne von sich. Eigentlich lerne ich sie so richtig erst ganz zum Schluss kennen, komisch, nicht wahr? Es ist wirklich komisch:

Da liegst du mit einer im Bett und liebst sie, liebst sie sehr. Dabei weißt du gar nicht recht, wer sie ist und wen oder was du da liebst. Der Mensch ist so groß, ich weiß nicht.

»Verzeih mir!«, sagt Lena ganz zum Schluss.

»Was soll ich dir denn verzeihen? Da gibt's nichts zu verzeihen. Was soll man denn machen?«

*

»Als Kind war ich ganz verrückt nach Schmuck. Meine Mutter hatte eine goldene Halskette und ein paar Ringe. War die Mutter aus dem Haus, konnte ich nicht widerstehen: Ich stellte mich vor den Spiegel, legte die Kette um den Hals, steckte die Ringe an und drehte mich vor dem Spiegel hin und her – bis Mama mich einmal erwischt hat!« Da lächelt sie, Lena, sie lächelt jetzt schwach und undeutlich, wir sind im Spital.

»Und sonst?«

»Einmal hab' ich was mitgehen lassen, stell' dir vor. Es war bei dieser alten Dame – du weißt schon. Eine Flasche Parfum. Sie war alt, die Dame. Was braucht eine alte Frau schon Parfum?«

Jetzt lächle ich Lena an, aber es ist ein aufgesetztes Lächeln, kein echtes, ehrliches Lächeln. Nicht wegen der Parfumflasche schaue ich so drein, es ist, weil ich nicht weiß, wie alles ausgehen wird, das heißt, ich weiß schon, wie es ausgehen wird, irgendwie weiß ich es, aber ich geb's mir nicht zu, ich darf es mir nicht zugeben, dass ich es weiß.

»Das Kind ist nicht von dir, András. Vielleicht hast du das schon gedacht. Vielleicht ist es besser so, dass es vorbei ist.«

Sie fährt mit der Hand über die Decke, ein Mal und noch ein Mal, schaut mich an.

Krebs. Viele Leute haben Krebs. Weshalb nur muss gerade Lena Krebs haben, gerade sie? Weshalb nicht ich? Oder der oder der? Ich gehe aus dem Spital heraus und schau die Leute an.

Daheim ist es leer. Abends drehe ich den Fernseher auf, aber bald wieder ab. Eigentlich bräuchte ich ihn gar nicht erst aufzudrehen. Ich esse Brot, mit Wurst meistens. Ich sitze vor dem aufgeschnittenen Brot und der Wurst, die auf dem Tisch liegt. Die Lampe über dem Tisch brennt. Alles, was ich sehe, kommt mir groß vor, zu groß eigentlich. Wie kann eine Wurst nur so groß sein? Das Brot ist auch so schwer und groß. Und der Bierkrug.

In ihrer Nachttischlade finde ich etliche Ringe. Wer hat sie ihr geschenkt? Da weine ich. Jetzt weine ich. Weshalb hat sie mir das angetan?

Wie geht das nur mit ihrer Kirchengeherei zusammen? Du Hur'. Du Hur'.

Dann denke ich an Lena, das heißt, sie kommt

mir in den Sinn – wo sie aber schon war, vorher, in den Gedanken: wo sie immer schon ist. Sie tritt nur aus dem Schatten ins Licht, könnte man sagen, als würde sie durch eine Tür heraustreten, auf einen Platz, der in der Sonne liegt: Jetzt ist sie nicht zu übersehen.

Wieder einmal gehen wir eine Straße im Abend hinunter, da sagt sie zu mir – wie sie öfter gesagt hat: »Lass uns immer zusammen sein, András!« Und da, stehen bleibend, legt sie mir ihre Hände auf die Schultern.

Im Spital dagegen sagt sie zu mir: »Mach dir nichts draus, András! Ich bin es nicht wert. Du wirst dir eine andere finden, eine andere, eine Bessere als mich.«

Wie passt das zusammen? Natürlich, ich weiß, wie das zusammenpasst, wie das alles gemeint ist, aber was hilft mir das?

»Als Kind, wenn ich mit meinen Puppen gespielt habe, ist immer alles gut ausgegangen. Freilich – ich habe viele Männer gehabt. Aber der beste warst du. Das musst du mir glauben. Der beste warst du. Das ist das Wichtigste.«

»Ja.«

»Das ist wahr.«

Im Spital wurden ihre Haare fettig, ihr Gesicht von den Medikamenten ganz feist. Der arme Bauch stand jetzt spitz hervor, weil die Beine so dünn geworden waren.

Es ging dann alles ganz schnell. Kaum zwei Monate, und Lena war tot.

*

»Nimm mich heraus aus dem Spital«, sagt Lena eines Tages gegen Ende zu mir. »Aber wohin denn?«, sage ich. »Ich möchte heim, heim nach Straß«, sagt Lena.

Was sie dort will? »Ich hab' mich erkundigt«, sagt sie, »ein Begräbnis kostet sehr viel in Wien. Das ist teuer. Du hast kein Grab. Dann der Sarg, alles ... Nein, nein, in Straß ist es bestimmt besser.«

Wie lange noch? Ich sitze auf der Bettkante, halte die Hand von Lena. Kühl ist die Hand. Wie ich mir vorkomme? Wie ein Hund. Ich weiß nicht. Wie lang geht das? Die Ärzte geben der Krankheit verschiedene Namen, machen Voraussagen und wiegen den Kopf dabei.

Da liegt die Lena, klein, krumm und verschwitzt. Wird immer weniger.

Ich versuche, mir ihr Geschlecht vorzustellen. Es hat mir immer so viel Freude gemacht. Wie eine Frucht. Wie eine Quelle. Mit den Händen halte ich ihre Titten: zwei große Birnen oder Äpfel meinetwegen, wie sie in Szombathely seinerzeit auf dem Markt waren. Das ist lang her: Ich sehe Bäuerinnen zwischen den Marktständen auf und ab gehen, schwarz angezogen – hin und her. Heute ist aber kein Markttag, heute sind keine Äpfel auf dem Markt, heute ist nichts auf dem Markt, heute ist alles leer. Ich hasse dich, Lena, ich hasse dich wirklich. Aber weshalb? Weil du mich versetzt hast? Weil du mich allein lässt? Verzeih mir.

Ihre Pupillen sind groß, sie hat einen schönen Rock an, trägt Stöckelschuhe, irgendwo wippt ein Zweig.

Ohrklipse und Parfum.

Sonne.

Sie liebt mich!

Einmal hast du dich übergeben – vielleicht schon wegen des Kindes.

Schatten und Kühle.

Wir schmusen und schmusen und schmusen, bis die süße Sauce alles verpickt.

Ich sitze im Besuchsraum des Spitals, esse irgendeinen Snack, lese dabei in einer Illustrierten, irgendetwas über eine Hochzeit, eine Verlobung im englischen Königshaus oder so. Die Illustrierte ist abgegriffen, fettig von den vielen Vorgängern, die sie angeschaut haben. An dem Tag stirbt Lena. Ich bin ja Stammgast im Spital. Man kennt mich. Habe ich das Ende auch kommen sehen, wie alles ausgehen muss – jetzt ist es so weit. Da hilft keine Voraussicht und kein Gerede. Du taumelst und fällst unter dem Stoß, und immer weiter kollerst du, weil der Stoß so stark ist.

Wie das Wasser hat auch die Luft keine Balken, so ist das.

Viele Tage falle ich. Verdammt! Seltsam: Das Einzige, was hilft, sind, ja – ist das nicht komisch? –, sind die Gedanken an Lena, ausgerechnet, das heißt, wenn ich sie mir so herbeiwünsche, ihre Arme, ihre Wange, wenn sie mir plötzlich erscheint – mit diesem berühmten Lächeln. Erzwingen kann ich es nicht. Aber da: Sie erscheint mir, groß und hell und lebendig – da muss ich sie einfach liebhaben.

Sie erscheint nicht gleich als Ganzes. Eine Hand erscheint – und wie die Finger gehen. Eine Bluse, und das Muster der Bluse, und die Brust darunter, die atmet. Eine Locke vielleicht vom Haar: Sie glänzt, die Locke, sie glänzt hell. Wie weh das tut! Und wie herrlich das ist. Da geht der Gedanke schon nach Rimini, wie wir über den Strand dort spazieren, das Meer, und die Zehen von Lena, der Sand selber, ihr Rock, der nasse Sand, ihre Schenkel – aber nein: Das ist erfunden, das ist nicht wahr. Aber es hilft doch? Bleib da! Bleib da. Damit ich dich liebhaben, damit ich dich festhalten kann.

Das Kindchen kam nicht auf die Welt. Die Ärzte konnten es nicht herausholen. Was ist so ein Kindchen schon groß? Die längste Zeit kann ich beim Fleischer das Fleisch in der Vitrine nicht anschauen, die Koteletts, die grauen Schnitzel. Dabei – ich hab' dem Kindchen nicht nachgetrauert. Weshalb auch? Es hat keinen Namen, es war nicht meins, es war gar nicht richtig auf der Welt.

»Was ist denn los mit dir, Visvary?«, fragen die Kollegen, teils besorgt, teils mitfühlend, manche auch regelrecht genervt von mir. »Nichts«, antworte ich darauf und drehe mich weg. Nur der Korbin, der Herr Korbin, fragt eines Tages weiter, bohrt nach, ob er denn helfen kann, wie es geht und so – da kommt er mir aber recht: »Was wissen denn Sie?! Was wissen denn Sie?«, schreie ich ihn an. Er kommt mir so recht in meine Gasse, der kleine, adrette Herr Korbin, der Wicht. Du machst es ganz falsch, András, ganz falsch, sagt eine Stimme zu mir. Dabei – ich bin groß, riesengroß und stark: Schon kommen mir stromweise die Tränen. Wo kommen die her? Rotz. Und gerade das Ungeheuerliche geht mir gut hinunter, wie ein fetter Bissen geht es mir hinunter und steckt mir dann groß im Hals: Ich gehe, geknickt jetzt und klein, dem Korbin nach, dem Korbin zu: »Es tut mir so leid!«

Erst schüttelt er den Kopf, dann aber hebt er den Kopf, den er gesenkt gehabt hat, und schaut mich an, schaut mich lang an. »Ist gut, Visvary, ist gut. – Machen S' den Kurs weiter.« Es wäre doch schade, meint der Herr Korbin – wegen dem Auftritt. Dann lässt er mich stehen.

Ein, zwei Mal noch fahre ich in die Steiermark hinunter, nach Straß, ans Grab. Was soll ich machen? Der bekannte Friedhof. Vom Friedhof sieht man zu den fernen Hügeln hinüber, die die Ebene begrenzen. Grüne Hügel, während die Ebene gelb und braun ist, unter Feldern – bis auf den Fluss freilich, der drüben unter Bäumen hingeht.

Ich lege die Blumen hin.

An Schlaf ist nicht zu denken. Die Nacht ist groß, ist ein großes, leeres Haus. Wohin? Die Gänge. Da laufe ich durch die Stadt und die Straßen. Die Lampen. Die Gänge. Manchmal kommt mir vor, der Boden gibt unter mir nach, so müde bin ich, so müd'. Plötzlich gibt er nach, der Boden, sinkt, sinkt – wie Haut, wie ein weicher Bauch. Da spießt sich dann grell und spitz der Schmerz und schreit: Reiß die Augen auf, András! Reiß auf! Sie bleiben aber ganz trocken, ich kann nicht weinen. Finster und rissig alles. Aus Rissen quillt dir ein Saft, ein Saft, so süß, so süß und süß, dass man darüber verrückt werden könnte.

Drück es ans Herz! Drück zu. Drück nur fest zu! Bis Blut kommt.

Man kann nicht alles erzählen.

»Jetzt bin ich bald daheim«, sagt sie gegen Ende zu, so murmelt die Lena: »Jetzt komm' ich heim.«

»Komm doch mit«, sagt sie, »bleib bei mir.«

»Wohin denn, Lena?«

Da sie nichts sagt, hole ich ein Glas Wasser vom Waschbecken. Ob sie trinken möchte?

»Wohin denn?«

Sie liegt mit geschlossenen Augen da, atmet, ich gehe auf die andere Seite vom Bett, dann zum Fenster.

Mir kommt bald vor, dass alles schwer geworden ist, tatsächlich – du könntest es vielleicht abwiegen, denke ich, wie ich so dasitze, daheim: die Mauern, die Randsteine, die Hydranten, die Straße hinunter – schwer und holprig. Mein Bett ist aus Blei, und die Lampe über dem Tisch, und der Tisch selbst, die Sessel – sind alle aus Blei. Blei ist schwer. Alles ist schwer, ganz für sich, es will mit dir nichts zu tun haben, steht für sich da und schaut dich an. Wie kann es nur schauen, wo es doch keine Augen hat? Alles kann schauen, das ist das Entsetzliche.

2

Nach dieser Ouvertüre wechseln wir nach Brünn. Brünn, ausgerechnet? Die mittelgroße Stadt Brünn, auf Tschechisch Brno, liegt zwei Autostunden nördlich von Wien. Von alters her Industriestadt, war sie durch die jetzt freilich aufgehobenen politischen Verhältnisse von Wien ferngerückt. Doch auch wenn die Verhältnisse nun ganz andere sind: Es ist immer noch weit von Brünn nach Wien und umgekehrt.

Weshalb gebe ich das alles so genau an? Nun, jedes Märchen hat seinen König – oder seine Königin. Ich meine: jedes *richtige* Märchen. In unserem Fall heißt die Königin Eva Bartuska und stammt aus Brünn her, aus Královo Pole genauer gesagt, einem nördlich gelegenen Stadtteil von Brünn. In der schnurgeraden und endlos langen Štefánikova-Straße steht, ordentlich in der Front ausgerichtet, ein einstöckiges, nicht weiter auffälliges Gründerzeithaus, etwas verstaubt und angejahrt schon, das Ziegeldach grau und bröckelig, die Fensterrahmen abgeblättert – hier hat die Bartuska die längste Zeit ein Zimmer gehabt, ehe sie schließlich nach Wien aufgebrochen ist.

Královo Pole? Auf Deutsch heißt das Königsfeld, einer dieser Scherze, die sich das Leben mit uns erlaubt. Die Vorstadt hat so gar nichts Königliches an sich, war früher ein Industriestandort, ist jetzt eine Kleinbürgergegend. Vom nahegelegenen Fußballstadion dringen am Wochenende die anfeuernden Schreie der Fans herüber, so ein Schlagerspiel ansteht. Sonst ist es eher ruhig in der Štefánikova, vom Autolärm einmal abgesehen und vom Schnurren der klapprigen Straßenbahngarnituren.

Geht man die Štefánikova hinunter, hat man bald das Gefühl, in eine Vergangenheit hineinzugehen, die aber mit ihrer Tristesse nur randweise auftaucht, wie verhangene Flussufer, während die Mitte von etwas Hellem, Lockendem, Flüsterndem eingenommen wird, von einem dieser Versprechen, die sich nie recht erklären. Es ist ein Versprechen, ein Versprechen um des Versprechens willen, ein leeres, ein hinhaltendes Versprechen – aber vielleicht eben gerade deshalb doppelt anziehend: Geh nur, geh, sagt dieses Versprechen, komm nur, komm! Na, also! So komm schon!

Was die Bartuska angeht, sie merkte nichts von diesem Sog, schließlich war sie hier in der Gegend aufgewachsen, hatte immer schon hier gewohnt. Hinter den die Štefánikova begleitenden Häuserzeilen, sozusagen in deren Rücken, hat man unlängst begonnen, neue, moderne Wohnblocks zu errichten: Dorthin richtet die Bartuska für gewöhnlich den Blick, wenn sie zur Arbeit fährt, in einem dieser Blocks hätte sie gern gewohnt.

Flott fährt die Straßenbahn die lange Štefánikova hinunter. Dann kommt, gewissermaßen als Fortsetzung, die ebenso schnurgerade Lidická, benannt nach der Ortschaft, wo die Nazis seinerzeit ein Massaker anrichteten. Da ist die Bartuska auch schon längst am Ring, genauer gesagt, am Mährischen Platz: Jetzt geht sie zu Fuß in die Altstadt hinein.

Von Beruf ist sie Kellnerin, Kellnerin in einem Bierhaus in der Dominikánská, im Zentrum, in der Altstadt. Das Publikum besteht dort einerseits aus Geschäftsleuten, Büroangestellten und den Beamten der umliegenden Behörden, andererseits aus Touristen, die gerade in letzter Zeit in größerer Zahl nach Brünn kommen. Letztere sieht die Bartuska am liebsten: Sie geben mehr Trinkgeld als die Einheimischen, außerdem kann man ihnen leicht das eine oder andere Bier zusätzlich aufrechnen.

Eine dieser kleinen Schummeleien war auch der, zugegeben unerfreuliche, Anlass für eine Begegnung mit einem der Gäste, einer Laufkundschaft. Wie sich später herausstellen sollte, war der Gast, der sich Rolf nannte und rufen ließ, im Hotel Grandioso am Grünmarkt abgestiegen, der ersten Adresse am Platz. Er war, das ergab sich bald, Generalvertreter für italienische Espressomaschinen und kam stets zu den diversen Messeveranstaltungen nach Brünn.

Brünn ist eine Messestadt.

Gewissermaßen nach dem Messekalender richteten sich auch die Treffen, die sich zwischen Rolf und der Bartuska, der Bartuska und Rolf einspielen sollten. »Rolf ist ein Gentleman!«, wie die Bartuska bald ihren Kolleginnen in der Bierstube versicherte und dazu ihr Kinn energisch anhob. Gut, er war klein und rund, glatzköpfig dazu, Rolf, seiner Männlichkeit tat das indes keinen Abbruch. Auf die Art hat die Bartuska auch angefangen, Deutsch zu lernen. Einmal war sogar von Heirat die Rede. Rolf lud die Bartuska doch tatsächlich zu einer Reise nach Italien, nach Venedig, ein. Von der Stadt sah sie wenig. Den Markusplatz und ein paar komische Kirchen. Meist blieben sie im Zimmer, von einer Gondelfahrt eines Abends abgesehen. Das Essen war prima. Schließlich stellte sich heraus, dass Rolf verheiratet war – eine banale, eine fast schon schematische Angelegenheit, werden Sie sagen, aber so was kommt vor.

Eva trauerte ihrem Rolf noch ein Weilchen nach. Nicht, dass es ihr an Männerbekanntschaften gefehlt hätte. So rücksichtsvoll, einfühlsam und zart wie Rolf waren allerdings die wenigsten.

»Wahrscheinlich war er ein bissl impotent«, meinten die Kolleginnen der Bartuska, kam die Rede denn darauf.

»Nein, nein!«, protestierte die Bartuska, und ein wenig verlegen fügte sie hinzu: »Habt ihr vielleicht eine Ahnung.«

Die Bartuska war klein und drahtig von Gestalt, fast ein bisschen mager. Ihr ins Rötliche spielendes Blondhaar sah immer so aus, als wäre es gerade aufgekämmt worden. Die Bartuska verstand es, diesen Eindruck von Frische und Leichtigkeit durch ein passend gewähltes Parfum noch zu verstärken. Stets trug sie hochhackige Schuhe, setzte ihre kurzen Schritte rasch und entschlossen, was wiederum gut zu ihrem stets erhoben getragenen, kleinen Kopf passte, dem dreieckigen Katzengesicht, der beinah knabenhaften Brust.

Diesem Gesicht wollen wir ein wenig mehr Aufmerksamkeit widmen: Für gewöhnlich war es fast ausdruckslos, der Blick hatte etwas Starres, Abwesendes, die ohnehin eher dünnen Lippen waren geschlossen, gleichsam wie eine Maske trug die Bartuska ihr Gesicht durch die Welt. Doch kaum erspähte sie etwas, das ihr Interesse weckte, sei es ein Straßenköter, der ein Bein nachzog, ein schnell dahinfahrendes, elegantes Auto, ein Mann, der herübergrinste, wachte, vom Zauberstab der Neugier angerührt, ein ganz anderer Blick in diesen Augen auf, ein direkter, man könnte auch sagen: ein zupackender Blick.

Wenn wir der Bartuska auf diese Weise so nahetreten, dürfen wir eine andere Gegebenheit keinesfalls auslassen: Auf dem Weg zur Arbeit, zum besprochenen Bierhaus in der Dominikánská, trat sie fast jeden Tag in die altehrwürdige St.-Jakobs-Kirche an der Rasinova, ging im hallenden, um diese Stunde meist menschenleeren Hauptschiff rasch nach vor zum Hochaltar, wo hell Kerzen brannten. Da kniete sie am Speisgitter nieder und schaute zum Gekreuzigten empor. Ihr Gebet, es waren geflüsterte Worte, war direkt an ihn gerichtet. Hatte sie es von Kind auf so gelernt? War es Beschwörung, der Versuch eines Zaubers? Einer wird kommen, du weißt es ... und was für einer? Lotterie. Nicht selten aber kam es vor, dass während des Gebets sich Tränen an den Lidern der Bartuska bildeten, die dann gleichsam verstohlen über ihre Wangen herunterliefen.

Ob ihr's nun glaubt oder nicht, es gab da einen Augenblick, einen sich auftuenden Moment, o ja, da wünschte sich die Bartuska und war ganz Liebe – der Teufel soll mich holen, es ist wahr: Sie wollte geliebt sein und sich geben. Nichts als Liebe wollte sie sein. Was Worte! Er liebt mich, und ich liebe ihn. – Die Bartuska betete inständig, bis der

Wunsch sie so vollständig ausfüllte, als wäre er schon eingelöst.

Eine Weile war die Romanze mit Rolf jetzt her, allerhand flüchtige Bekanntschaften waren gefolgt, da lernte Eva eines Sonntags im Lužánky-Park einen Mann kennen, das heißt, sie saß im Restaurant da auf der Terrasse – der Mann setzte sich einfach zu ihr her, als wäre das sein bestes Recht.

Karel, wie er hieß, war ein großes Mannsbild, breitschultrig, klobig, etwas schwammig um die Hüften, mit einem schweren, blockartigen Schädel, grob das Gesicht, schlecht rasiert – beileibe kein schöner Mann.

Wie sich herausstellen sollte, war er früher Polizist gewesen, hatte aber den Dienst quittiert – aus welchen Gründen auch immer.

»Vielleicht haben s' dich ja nicht brauchen können?«, meinte die Bartuska ein wenig schnippisch. Entspannt, mit überschlagenen Beinen saß sie da.

»Kann gut sein«, gab ihr der Mann darauf zur Antwort, weiter sagte er nichts.

Kaum hatten sie sich auf eine der weitläufigen Wiesen im Park gelagert, im Schatten da von ein paar Bäumen, erklärte der neue Bekannte unumwunden: »Was meinst – ich komm' dann später zu dir hinauf?«

»Bist deppert?«, die Bartuska darauf. Sie hatte sich jäh aufgerichtet, aus dem lose um ihre Schultern gelegten Arm des Mannes sich befreit: »Ich kenn' dich doch gar nicht!«

»Was stellst dich denn so an?!«, fragte der und richtete sich langsam auf: »Hast leicht keinen Gusto, was?«

Da war die Eva schon aufgesprungen, zum Gehen gewandt sagte sie, den Rock richtend: »Blöder Hund!«

Später war es ihr unklar, wieso sie dann schließlich, nach einer längeren Runde im Park, doch brav unter die Bäume zurückgekehrt war. Im Schatten da lag der Mann. Als er sie kommen hörte, richtete er sich langsam und gemächlich auf und sagte: »Na?«

»Danke – könntest wenigstens sagen.«

»Meinst?« Er zog Eva, die sich hingehockt hatte, mit einem Griff zu sich herunter und küsste sie mit seinen dicken Lippen mitten auf den Mund.

»Ich werd' dir schon noch Danke sagen.«

Der Lužánky-Park ist eine große Parkanlage, eine Art Stadtpark mit schönen, alten Bäumen, verschlungenen Wegen, einem kleinen Flüsschen darin, einem Teich, einem Restaurant und so fort. Nicht nur die Leute vom nahegelegenen Královo Pole kommen hierher, nein, auch die Leute aus den besseren, bürgerlichen Vierteln dem Zentrum zu, sodass die sonntäglichen Ausflüge der Bartuska etwas, wie soll man sagen, etwas Emanzipatorisches und auch Erhebendes hatten; sie wurde da eine andere, Feinere, Bessere. Bald gesellte Karel, der neue Bekannte, sich unvermeidlich dazu.

Er wartete immer schon am Eingang auf sie, vor dem Denkmal, für irgendeinen Kaiser errichtet, der den Park einmal vor langer Zeit gestiftet hatte. Da stand er, Karel, breitbeinig, trotz seiner Imposanz und Wuchtigkeit wirkte er ein bisschen nervös.

»Ah – da bist du ja!«

Zu Anfang nahm Eva diese Nervosität oder unterdrückte Ungeduld für einen Liebesbeweis, rasch trat sie an Karel heran und küsste ihn, wozu sie sich auf Zehenspitzen stellen musste.

Ja, doch – ein wenig verlegen war sie schon. Sie schob das auf die vielen Sonntagsspaziergänger, die da immer im Park herum waren und zuschauten, mitten im Sonnenschein. Aber eigentlich, wäre sie nur ein wenig mit sich zu Rate gegangen, entsprang ihre Verlegenheit, ja, sie entsprang dieser Neugier oder Gier, die sie dem Mann gegenüber empfand: So einen wie ihn, Karel, so einen hatte sie noch nie gehabt.

Er führte sie nie aus. Lud sie nie ein. Redete kaum mit ihr. Unterhielt sie nicht. Über seine Verhältnisse wusste sie nicht Bescheid. Einmal hatte er sich ihr gegenüber als *Detektiv* bezeichnet.

»Und was machst denn so – als *Detektiv*?«

»Schau, ich war bei der Polizei. Da hab' ich das Handwerk gelernt«, war alles, was aus ihm herauszubringen gewesen war.

Einmal, das war schon in der späteren Zeit, hatte er beim Ausziehen in Evas Zimmer seine Hose über einen Stuhl gehängt: Ein dickes Bündel von Geldscheinen war aus einer der Taschen auf den Boden gerollt.

Karel war es zuerst nicht aufgefallen, weil er mit der üblichen Zurichtung beschäftigt gewesen war. Er hatte Eva mit einer Hand an der Hüfte gepackt, mit der anderen drückte er ihre Brust so auf den Tisch nieder, dass ihr Hintern groß heraustrat. Eva, die mit ihren Händen die vordere Tischkante umklammerte, starrte hinunter auf das Geldbündel am Boden.

»Was ist denn jetzt wieder los?«, fragte Karel von hinten, der ihre Irritation wohl bemerkt hatte.

»Nichts, nichts!«, beeilte Eva sich zu beteuern.

»Ah – wegen des Geldes!« Eva sah, wie Karels nackter Fuß das Geld vor ihren Augen unter den Stuhl schob.

»Geld willst also verdienen? Ums Geld geht's dir? Als was sollen wir dich denn vorstellen, ha? Als Ukrainerin? Eine Polakin? Eine aus Österreich vielleicht, eine feine Dame aus Wien? – Böhminnen will nämlich keiner ficken, da in Brünn.«

Karel lachte kurz auf, so belustigt kannte sie ihn gar nicht, nie hatte sie ihn so erlebt, er war jetzt wieder hinter sie und den Tisch getreten und schlug mit dem Gürtel zu.

Zwischen der Gier der Bartuska und der gewissen Ungeduld des Karel hatte sich eine eigenartige Chemie entwickelt. Eva war nicht nur neugierig darauf, was Karel etwa mit ihr anstellen würde. Sie wollte auch wissen, wie weit sie selbst gehen würde. Das wollte sie erkunden. Freilich lief es dann zwischen ihnen beiden nicht so ab, wie sie es sich vorgestellt hatte. Zum ersten kam bald die verwirrende Einsicht, dass sie genoss, was Karel mit ihr anstellte, mehr noch, dass sie immerfort träumte und träumen musste, was geschehen war, was etwa als Nächstes geschehen würde und so weiter. Eine Art Eifer entwickelte sich da, der Verstand schlief ein, ein Sog entstand, der tatsächlich von Eva ausging und bald auch Karel erfasste.

Zu Anfang war er, Karel, Herr des Geschehens gewesen, wie sie sich später erinnern mochte.

Zwar hätte mich seine Ungeduld oder Pressiertheit schon aufmerksam machen müssen: Hinter seinen gleichgültigen, ja verdrießlichen Mienen verbarg sich etwas. Da steckte etwas dahinter. Vielleicht hat er bloß mit seiner Gier besser umgehen können als ich mit meiner? Die längste Zeit ist es ihm ja geglückt, mir vorzumachen, er tue alles nur für mich. Weil ich es so will. Um mir ein Vergnügen zu machen. Bis er dann, wie gut erinnere ich mich, bis er eines Tages laut gestöhnt und immer schneller geatmet hat, und wie ich schreie, sagt er nichts mehr und schlägt und schlägt.

»Wisch ab!«, sagt er.

Wir sind dann öfter nach Wien gefahren, stumm im Zug, beide haben wir aus dem Fenster geschaut, in die flache, öde und graue Landschaft hinaus – aber das war gut! Wie gut das getan hat – zu denken, und immer zu denken; zu träumen, und immer zu träumen.

Weshalb Wien? Dort haben wir die Sexshops abgeklappert nach allerhand Zubehör.

Und dann kam der Tag, an dem Karel sagte: »Ich bring' dich um! Ich bring' dich um, du Luder!«

Jetzt, wo ich mich zurück erinnere, denke ich, der Karel war ein dummer Prolet, irgendwo ausgekommen. Er hat ja auch immer gestunken, nach Schweiß, nach Bier, nach Zigaretten. Gerade das hat mir gefallen, ich geb's ja zu. Es hat gepasst. Vielleicht war es auch, weil im Lužánky, da hab' ich mich immer erwählt gefühlt, erhoben: heiß –

kalt, so war das. Ich bin zu weit gegangen, bestimmt. Was war ich in den Kerl vernarrt! Er hat sich dann tätowieren lassen, Karel – für mich, für mich allein, hat er behauptet: eine Rose, mitten auf der Brust. »Schau – die Dornen!«, sagt er und zeigt hin. Blutstropfen. Von Haus aus hab' ich ihm das nicht abgenommen. Wo der sein Geld herhatte? Ein Gauner. Ein Gewaltmensch. Gott sei Dank bin ich nach Wien.

3

Jetzt kommt neuerdings der András ins Spiel, er berichtet: Das Leben in Szombathely war recht übersichtlich gewesen. Der Kommunismus hat alle gleich gemacht – gleich arm oder gleich reich, wie man will. Alle – das stimmt freilich nicht. Oben drüber gab es die Leute von der Partei, die es sich fein gerichtet hatten. Mein Vater war zwar auch bei der Partei gewesen und hat es doch zu nichts gebracht. Der hat den Kommunismus zu ernst genommen. »Da hättest ja gleich beim Kirchegehen bleiben können!«, spöttelte meine Mutter, wenn er wieder einmal von einer Schulung, einem Parteikongress heimkam und uns die neuesten Lehren verkündete.

Wenn einer arm gewesen ist, fürchtet er sich sein Leben lang davor, wieder arm zu werden. Was mich angeht, ich war nie arm. Ich hab' gewusst, was für mich und meinesgleichen vorgesehen ist, wie so ein Leben geht: eins nach dem anderen und immer der Reihe nach. A, B, C, D, E, F, G. Nie hab' ich mich angestoßen, bin nicht ins Stolpern gekommen. In Wien – nie hab' ich die reichen Leute beneidet, deren Foto ich in der Zeitung gesehen hab'. In meiner Welt kamen sie nicht vor. Ich hätte nicht einmal sagen können, in welcher Welt ich lebte. Hätte mich einer danach gefragt, ich hätte wohl gesagt: in der Welt halt!

Wie gesagt, der Herr Korbin lässt mich den Kurs fortsetzen, er schickt mich nicht weg. Ich lerne und lerne. Über dem Lernen merke ich, wie gut mir das Lernen tut. Welch wunderbare Ablenkung das Lernen doch ist! Wissbegier erzeugt immer neue Wissbegier, so schreibe ich mich an der Volkshochschule ein, in einer Abendschule. Die Kurse, die ich besuche? Grammatik und Rechtschreibung, Buchhaltung, Grundkurs Marketing, aber auch Grundlagen der Physik, Geographie für Fortgeschrittene und so weiter. Jedes Mal freue ich mich, wenn der neue Schulkatalog herauskommt, da gustiere ich, wie ein anderer vielleicht über einer Speisekarte gustiert: Soll ich diesen Kurs belegen – oder den – oder doch den?

Ich wohne jetzt in einer Zimmer-Küche-Kabinett-Wohnung, das ist mehr als ausreichend für mich. Mein wichtigstes Möbel ist mein Schreibtisch – und vielleicht noch das Bett. Davon später. Der Schreibtisch steht am Fenster. Wenn ich so dasitze und von meinen Skripten aufschaue, kann ich auf die Gasse hinuntersehen. Das heißt, ich sehe natürlich nur die gegenüberliegenden Häuser mit den Fenstern, von denen da und dort eins erleuchtet ist. Ich sehe die vom Licht einer Straßenlampe erhellte Gasse und ein schmales Stück des Gehsteigs, wo manchmal einer geht. Oder eine. Von oben schauen die Leute, ja, wie soll ich sagen: Wohin geht ihr denn, möchte ich sie fragen, wenn ich sie so zielstrebig gehen sehe. Was für Gedanken!

»Du bist zu viel allein. Sitzt allein herum. Du musst was unternehmen. Was unternimmst du schon?«, meint der Lajos, er ruft mich gelegentlich in der Filiale an. Ich bin noch immer in der gleichen Filiale, im dritten Bezirk, jetzt freilich als Abteilungsleiter, zuständig für Gemüse und Obst. Man wird es nicht glauben: Es ist keine kleine Verantwortung. Jede Verantwortung ist groß, komme ich bald drauf, wenn man sie ernst nimmt.

Der Lajos macht sich nicht viel aus Verantwortung. Ich weiß es von der Triester Straße her. Dort haben wir öfter zusammengestanden, am Arbeitsstrich. Das heißt, der Lajos war da so eine Art Partieführer. »Bin ich deppert?«, sagt er und tippt sich an die Stirn, wenn einer zu wenig bietet. Wenn's nicht passt, lassen wir alles liegen und stehen. »Brauchst gar nicht weiterzufahren«, sagt der Lajos dann, und wir steigen aus.

Der Lajos ist etwas kleiner, kleiner und zarter als ich. Hat keine Arbeiterstatur gehabt. Dunkelhaarig, wie ich auch, hat er doch dunkler gewirkt – mit seinem kaffeebraunen Gesicht. »Pass auf, er ist ein

Zigeuner!«, haben die Leute gesagt. Dabei ist der Lajos kein Zigeuner, der kommt doch aus Ungarn, ist ein Ungar, gerade so wie ich. Die Familie stammt aus dem Süden her, aus Szeged ursprünglich, hat er mir erzählt. Deshalb hat er einen anderen Zungenschlag als ich von Szombathely her, das macht den Unterschied.

Freilich, wie ich den Lajos kennengelernt hab', ist dem schon der Bart gesprossen, so ein schwarzer über der Oberlippe, ganz flott. Dagegen hab' ich wie ein Milchgesicht ausgeschaut.

Eines Tages holt er mich von der Filiale ab. Das heißt, er holt mich nicht ab: Er steht einfach zu Geschäftsschluss da. Da steht er vor dem Eingang und sagt: »Da schaust – was?!«

»Ich muss heim – lernen«, sage ich, »heute ist es nichts. Heute passt es nicht.« Und will schon an ihm vorbei.

»Was? Einen alten Freund willst einfach so stehen lassen und versetzen?« Er tritt mir in den Weg.

Jetzt stehe ich verlegen da. Er hat doch ein Recht, Lajos, er hat ein Recht.

Wir gehen eine der abschüssigen Gassen zum Donaukanal hinunter. Wir gehen ganz langsam, weil der Lajos immer wieder stehenbleibt, gerade so, als würde er sich im Stehen besser erinnern. Er schlägt sich mit der flachen Hand gegen die Stirn. Dann wieder packt er mich am Handgelenk. Dann wieder lacht er und fragt: »Erinnerst dich? Erinnerst dich nicht? Das war doch gar zu komisch.«

Je länger wir gehen, desto mehr kommt mir alles unwirklich vor: Dass wir da in dieser langen, leicht abfallenden Gasse gehen, jetzt springen schon die Lichter an, in den Wohnungen brennen sie da und dort, die Häuser so dunkel, die Fenster hell, und der Lajos, der immerfort redet, auf mich einredet. Stellt er eine Frage, beantwortet er sie gleich selber. Er redet, als hätte er alles vorher aufgesetzt, ja, als spielte er eine Rolle. Wie im Film kommt es mir vor. Der Lajos und ich – wie in einem Film.

Und vielleicht gerade deshalb erhebe ich keinen Einwand, es wird vergehen, denke ich, es ist gleich vorbei, es bedeutet nichts.

In der Hauptsache redet der Lajos von den alten Zeiten, von früher einmal – dort in Szombathely. »Erinnerst dich, erinnerst dich, erinnerst dich!«

Über all dem Erinnern sitzen wir bald in einer Wirtschaft, und Bier fährt auf.

Jetzt, im Nachhinein, kommt mir vor, ich hätte genauer hinschauen können. Oder hinschauen sollen. Der Lajos sitzt mir ja gegenüber. Ich sehe seine schmuddelige Jeansjacke und das ausgewaschene T-Shirt. Als er dann aufsteht, um auf die Toilette zu gehen, sehe ich die durchgesessene Hose und die abgestoßenen Schuhe: Aber ich denke mir nichts dabei.

Ich denke mir, ich muss den Lajos doch fragen, was er so treibt, wie es ihm geht, was er arbeitet, wo er angestellt ist.

Gerade als ich dazu ansetzen will, kommt die Wirtin herüber und fährt dem Lajos durchs Haar. Eine fette, große Person mit viel weißer Haut und schwarzen Haaren. Groß und mächtig.

»Bist öfter da?«, frage ich ganz erstaunt.

»Ja, er ist öfter da«, antwortet die Wirtin an der Stelle vom Lajos.

»Was red'st denn so blöd?!«, sagt der und fährt auf, worauf die Wirtin sich trollt, sich wieder an ihren Platz hinter der Budel verzieht.

»Kannst mir a Geld leihen?«, sagt jetzt der Lajos, seine Stimme ist verändert, rau und verzweifelt kommt das heraus. Verzweifelt vielleicht nicht. Es ist mehr eine Forderung, ganz direkt.

»Ich brauchert ein Geld«, redet der Lajos jetzt ganz schnell weiter, er redet wie zuvor auf der Gasse, es läuft darauf hinaus, dass er blank ist, dass er auf der Straße steht und so weiter.

An der Stelle lacht die Wirtin hinten laut auf: Wie der Lajos mir erzählt, dass er auf der Straße steht und keinen Platz hat, wo er sich ausstrecken kann. Da lacht die Wirtin hell auf, ohne dabei freilich den Bierkrug aus der Hand zu lassen, den sie mit einem Lappen gerade aufpoliert.

»Was verstehst denn du?«, schreit der Lajos

ihr zu, wirft einen Geldschein auf den Tisch, wir gehen.

Am Donaukanal ist es ganz dunkel, die Laternen am Ufer oben stehen weit auseinander, die Spaziergänger und Jogger sind jetzt längst daheim. Eigentlich ist es eine schöne Nacht, nicht warm und nicht kalt, und der Fluss geht so gleichmäßig und schnell, sein Spiegel ist so glatt, dass man glauben könnte, das Wasser steht.

Da steht auch die Zeit ganz still.

»Ich weiß, du magst mich nicht«, sagt der Lajos, der neben mir sitzt.

»Woher weißt du das? Woher willst du das wissen?«

»Ich bin doch ein Versager«, sagt er und streichelt mich dabei leicht an der Wange.

Ich sehe sein dunkles Auge und die Lippen, die leicht glänzen.

»Gefällt dir das?«

»Ja. Es gefällt mir.«

4

Die Bräunerstraße ist eine Straße in der Wiener Innenstadt. Sie führt vom Graben zum Josefsplatz – eine hervorragende Geschäftsadresse. Während der Graben, der Kohlmarkt und die nahegelegene Kärntner Straße im Strom der Touristen fast untergehen, hat sich die Bräunerstraße ein wenig vom intimen Flair bewahrt, das früher die exklusiven Läden für die adelige und großbürgerliche Kundschaft umgab. Freilich, diese Kundschaft gibt es nicht mehr – oder bloß noch in letzten Resten, auf deren Kaufkraft kein Unternehmen sich mehr gründen kann. An ihre Stelle sind die rasch zu Geld gekommenen Neureichen getreten, vor allem aber die Besucher aus Russland, aus den Erdölstaaten des Nahen Ostens, aus Japan und China.

In all diesen Antiquitätenläden, Boutiquen und Juweliergeschäften besteht das Kunststück insbesondere darin, ein Angebot, wie man es im Grunde überall in der Welt finden kann – in ganz besonderen Lagen natürlich –, hier in Wien als etwas speziell Wienerisches an den Mann oder die Frau zu bringen. Die großen Modelabels haben ohnehin ihre Outlets oder Anchor Stores gleich nebenan. Wer nach Prada, Burberry, Westwood, Yamamoto oder Chanel sucht, braucht sich nicht erst in die

Bräunerstraße zu bemühen. Wer aber eine klug abgemischte Auswahl all dieser eingeführten Marken, kombiniert mit entlegeneren Labels sowie mit bodenständiger Haute Couture sucht, ist hier richtig.

Eva Bartuska hatte in Wien in ihrer angestammten Branche, nämlich in einem Bierlokal im Prater, als Kellnerin angefangen. Selbst das Bier, das dort ausgeschenkt wird, kommt aus Böhmen, sodass die Bartuska mit ihrem tschechischen Akzent gewissermaßen ideal ins Ambiente passte. Selbstsicher bewegte sie sich zwischen den Tischen, das Dirndl, das sie trug, tief ausgeschnitten, das Röckchen, die vorgebundene Schürze kurz. Den Umgang mit trinkfreudigen, lärmigen, gelegentlich frechen oder übergriffigen Männerrunden war sie wahrlich gewohnt, wusste sich mit burschikosem Auftreten, einem kleinen Lächeln da oder dort, einem Aufblitzen der Augen nicht nur zu erwehren, mehr noch, für gewöhnlich zog sie in Form saftiger Trinkgelder ihren Nutzen daraus. Die einzigen Gäste, die ihr widerstrebten, die sie nicht mochte, die ihr auf den Geist gingen, waren hilflos Besoffene, die dumpf und depressiv vor ihren Bierkrügen hockten, nichts bestellten und zur Sperrstunde geradezu aus der Wirtschaft gekehrt werden mussten.

Ein Sommerabend im Prater ist was Schönes. Das weiß bald jeder. Die Sonne geht langsam hinter den Bäumen hinunter, scheint aber noch flach und grell durchs Geäst. Im Gegenlicht nehmen sich die Umrisse der Gäste, ihre Köpfe und Körper, schwarz aus. Es ist viel los um diese Stunde, Durst und Appetit sind groß, da heißt es flitzen. Hat man in der Nachmittagsschicht bedient, spürt man jetzt schon die Last der Bierkrüge, das Gewicht der Platten mit Schweinshaxen und Blutwurst.

Allmählich nimmt es dann ab, es wird leiser im Biergarten. Bevor die Laternen anspringen, bekommt das letzte Tageslicht etwas Leimiges: Mit tausend Fäden scheint es sich an den Dingen, den Baumstämmen, den Tischen und Sesseln festhalten zu wollen.

Jetzt hört man von der Schank herüber schon deutlich das Poltern der aneinanderstoßenden, wohlgefüllten Bierkrüge, in der vollgesudelten Toilette wischt die Aufwartefrau schon einmal auf, da und dort rechnet sich ein Kellner flink sein Trinkgeld aus den Tageseinnahmen heraus.

Jetzt sind nur noch wenige Gäste im Garten, wo früher ein Gebraus aus Stimmen, Gelächter und Gläserklirren war, wird es still. Amseln hüpfen durchs Geäst der jetzt gleichsam nutz- und zwecklos dastehenden Bäume. Nur die überquellenden Mülleimer, die Bierlachen auf den Tischen zeigen an, was sich vor Kurzem hier abgespielt hat.

Ein einzelner Gast war hinten unter den Bäumen noch sitzen geblieben. Rundherum war alles ganz leer jetzt, von ein paar dreckigen Tellern und Gläsern abgesehen. Ausgerechnet in meinem Rayon! Schief und versackt saß der Gast da, es sah aus, als wäre sein Gesicht, ja sein ganzer Kopf im Bierkrug stecken geblieben. Dünnes Blondhaar, über den Krug gestreut, schmächtige Schultern. Ein Bürschchen, ein junger Mann noch, im Anzug. Wie kommt der denn her? Mit beiden Händen hielt der Mann den vor ihm stehenden Krug umklammert, am entblößten Handgelenk trug er eine Armbanduhr, die eigentlich viel zu groß war für die zugehörigen Hände und Finger.

Eva packte einen Stoß Bierfilze, klopfte damit neben dem Kopf des Mannes auf den Tisch und rief ein wenig grantig: »Sperrstund' ist! Heute wird nix mehr ausgeschenkt!«

»Also, sag, wo bist du eigentlich gesessen? Dass du mir nicht aufg'fallen bist?«

»Ich war mit meiner Partie da. Da waren … der Schorsch, die Herma …«, der junge Mann unterbrach sich, deutete mit einer ungefähren Bewegung in die Runde, da unterbrach ihn Eva: »Jetzt erinner' ich mich! Ja, genau ... ihr wart's zu fünft oder sechst oder so ... da war diese Rothaarige ... die ist neben dir g'sessen ... heute war sehr viel G'schäft!«, schloss sie bestimmt und hob dann den Kopf.

Die beiden standen jetzt auf der menschenleeren Prater-Hauptallee, die nun doppelt leer wirkte, weil sie tagsüber so belebt, ja gedrängt voll von Besuchern gewesen war.

»Nur das Riesenradl dreht sich noch«, sagte der junge Mann auf einmal und deutete zu den erleuchteten Kabinen hin, die am Rad, wie von Zauberhand bewegt, durch die Nacht schwebten.

»Du hast mir vielleicht einen sitzen!«, meinte Eva und lachte.

Er hatte sie vor dem Lokal abgepasst. Als sie aus dem Tor getreten war, das der Nachtwächter hinter ihr abgesperrt und mit einer Kette verhängt hatte, war der junge Mann aus dem Schatten einer jetzt freilich geschlossenen Schießbude gekommen und auf sie zugegangen.

»Keine Angst!«, sagte er.

»Wovor soll ich mich denn fürchten, ha?«

Eva war stehen geblieben.

»Jetzt fehlt nur noch, dass es ordentlich zum Schütten anfangt«, erklärte er.

»Was red'st denn daher«, sagte Eva, dann lachte sie leise: »Ist doch der schönste Abend, nicht?!«

Sie saßen in einem Nachtcafé, irgendwo im zweiten Bezirk. Evas neuer Bekannter oder Begleiter bestellte einen doppelten Schnaps nach dem anderen.

»Was saufst denn nur so viel? Bist eh schon b'soffen!«, meinte sie und rührte ihren Kaffee um.

»Kannst noch einmal *Ganz in Weiß* einwerfen – bitte!« Er schob ihr die Münzen hinüber, deutete nach der an der Wand hängenden Jukebox.

»Was weinst denn?«

»Das muss ein Mann schon aushalten«, meinte er darauf, richtete sich auf, wischte sich mit dem Ärmel über die Nase und zog den Rotz auf.

»Ah so ... die Rothaarige.«

Irgendwie tat er ihr leid. Er war ja so jung; so zart. Der eigentliche oder hintere Grund dafür, dass sie ihn anhörte und nicht gleich hatte stehen lassen, war allerdings, dass ein bestimmter Mechanismus in ihrem Inneren plötzlich eingeschnappt war, so dumm bin ich auch wieder nicht, dachte sie etwa, ist eh schon egal, um die Zeit – und die bereits aufkeimende Neugier schoss jetzt schon prächtig auf.

Was das für einer nur war?

»Wie heißt denn?«, hatte sie ihn schon auf der Straße draußen gefragt.

»Toni«, hatte er darauf geantwortet, »das sagt dir aber bestimmt nix. Sag«, hatte er sich unterbrochen, »wie schau' ich denn aus? Arg, was?«

Darauf hatte sie, vor ihn hintretend, ihm die Krawatte stramm gezogen, den Hemdkragen gerichtet, war mit beiden Händen unter den Revers seines Jacketts hinaufgefahren.

»Schöner Anzug, was du da hast.«

»Wie spät ist es denn?« Er hob den Arm, warf einen Blick auf die Uhr: »Uh! Ich muss noch was trinken. Kommst vielleicht mit?«

Nebeneinander waren sie die dürftig erhellte Allee hinuntergegangen, nicht in der Mitte, sondern auf dem Seitenweg unter den Bäumen. Eva mit ihrem Zappelschritt auf hohen Hacken, er, leicht schwankend, hatte immer einmal die Hand nach ihr ausgestreckt.

Straßenkehrer, die vereinzelt schon unterwegs gewesen waren, hatten sich unterbrochen, von ihrer Arbeit leicht belustigt herübergeschaut.

»Tragst bei der Arbeit auch so hohe Schuh'?«

»Bist vielleicht deppert!«

»Wo wohnst denn?«

»In Simmering.«

»Ich bring' dich z'haus.«

*

Im *Engländer* ging es hoch her. Der Wirt hatte bereits abgeschlossen. Jetzt konnten die nach der Sperrstunde verbliebenen Gäste endlich auch rauchen. Der Qualm stand dick – obwohl nicht mehr als zehn, zwölf Leute da waren, allesamt Habitués, Stammgäste.

»Der Toni hat jetzt eine Nagelneue. Ganz was Besonderes!«

»Halt doch die Goschen!«

»Hast vielleicht noch nie eine Hur' pudert?«, mischte sich ein Dritter ein.

»Du hast doch selber erzählt«, wandte sich jetzt der Erste an den Toni, er brauste dabei ein wenig auf, »dass sie in Tschechien, wo sie war, dass sie dort einen Zuhälter g'habt hat, einen Zuhälter ... mit einem Puff voller Rumäninnen.«

»Die Eva ist keine Rumänin!«, erklärte Toni jetzt bestimmt und mit tiefer Genugtuung.

Da mischte sich der Wirt von hinter der Theke ein: »Wenn hier nix mehr bestellt wird ... dann gehen wir alle ins Betterl. Ist eh Zeit.«

Worauf Protestrufe laut wurden.

Tatsächlich hatte Eva dem Toni einmal vom Karel erzählt gehabt, ihrem Bekannten aus Brünn. Sie hatte so was erwähnt: dass der ein Ex-Polizist gewesen war, ein Kriminaler. Sie hatte ein bisschen übertrieben, weil sie gespürt hatte, dass der Toni das gern hörte, dass ihm das gut hinunterging, wie er da so neben ihr im Bett lag.

Sie kannten einander jetzt ein paar Wochen, eine gewisse Routine hatte sich eingespielt.

»Der, der hat wirklich ein richtiges Puff gehabt?«, fragte Toni. Er richtete sich ein wenig auf, sodass die Decke etwas nach unten rutschte und seine schmale, blasse, mit ein wenig blondem Flaum bewachsene Brust freigab.

»Das tät' dir g'fallen.«

»Und was hast du da g'macht?«

»Drei Mal darfst raten«, antwortete Eva und strich sich mit Schwung eine Haarsträhne aus der Stirn.

Richtig angeschmiert hatte sie den Toni. Alles übertrieben und so erzählt, wie der es gern hören wollte. Der glaubte sowieso alles.

»Und wie ist es so gelaufen, ha?«, fragte er und fuhr unter der Decke mit der Hand an Evas Bein hoch.

»Hast leicht keine Phantasie?«

Vom Gürtel des Karel und diesen Exerzitien erzählte Eva nichts, aus welchem Grund auch immer. Schämte sie sich? Nein. Es hätte einfach nicht hergepasst, ihrem Gefühl nach, das lief hier anders.

Was den Toni anging, hieß er mit vollem gesetzlichem Namen Anton Schönau-Mehrau, in seinem Umgang wurde er entweder Toni genannt oder als

Graf tituliert, Anton Graf Schönau-Mehrau. Die Familie hatte einst große Güter in Böhmen besessen. Man munkelte auch, eins der Familienmitglieder sei der Erfinder einer Trockensuppe gewesen, einer Art Bovril, die man bloß mit heißem Wasser anrühren musste. Im Ersten Weltkrieg hätte die Familie dann für das österreichisch-ungarische Heer geliefert, mit seinem immensen Bedarf: Von daher hätte oder habe der Reichtum der Grafen Schönau-Mehrau recht eigentlich gestammt.

Was den Toni anging, war vom ganzen Reichtum der Familie für ihn nicht viel mehr übrig geblieben als ein stattliches Zinshaus in der Bräunerstraße, eher dem Graben mit seinem Betrieb zu als dem eher doch stillen Josefsplatz. Trotz hoher Mieteinnahmen ständig in Verlegenheit, hatte der Graf, wie er von seinem Steuerberater und Vermögensverwalter höflich tituliert wurde, beschlossen, im leerstehenden Erdgeschoss einen Laden, irgendwas mit Mode, einzurichten.

»Großartige Räumlichkeiten!«

»Da können wir dann bei Bedarf Schulden auflaufen lassen«, meinte der Steuerberater nach kurzem Bedenken, »die wir aus den Mieteinnahmen dann mit einem Darlehen wieder abdecken – so zahlen wir keine Steuern, Herr Graf.«

Das war einleuchtend.

Tatsächlich, eine Boutique wurde eröffnet, eine Boutique für den höheren Geschmack, die Boutique *Aurora*. Da es natürlich ganz undenkbar und ausgeschlossen war, dass der Graf sich selbst in das Geschäft gestellt, dort bedient und verkauft hätte, engagierte er eine junge Verkäuferin. – »Der Laden läuft ja von selber … bei der Lage!« – Was der Graf einzig sich vorbehielt, war ein gewisser Überblick über den Stil, die Linie, den präsentierten Geschmack. Das ging nun nicht so weit, dass er sich mit Vertreterbesuchen und Bestelllisten abgegeben hätte, nein, es war eher so allgemein aufgefasst, als gelegentliches Durchgehen durch den Laden, wobei Toni das eine oder andere Teil befühlte, anerkennend nickte oder im Anblick eines Kleides, einer Bluse, eines Schals leise durch die Zähne pfiff.

Das Geschäft lief nicht wie erwartet. Fehlte es an der nötigen Professionalität? Ging etwa das Angebot doch am Geschmack der möglichen Kundschaft vorbei? Der Misserfolg hinderte Toni jedenfalls nicht daran, im Verfolg des von seinem Steuerberater vorgeschlagenen Modells, das Geld mit beiden Händen auszugeben – mehr als je zuvor. Die aufkommende und sich stetig vertiefende Bekanntschaft, ja, das Verhältnis mit Eva, fiel gerade in diese wunderbar leichtlebige, fast euphorische Zeit. Längst hatte Eva im Bierhaus im Prater gekündigt. Es kam vor, man muss es zugeben, dass sie den Grafen in seiner Freihändigkeit, was das Geld betraf, gelegentlich noch unterstützte.

War das der siebente Himmel? Wenn sie dieses Leben auch genoss, hatte Eva die frühen Lehren aus der grauen und endlosen Štefánikova-Straße doch nicht ganz vergessen. »Pass auf! Sei g'scheit!«, raunte sie des Öfteren *ihrem Toni* zu, wie sie den Grafen jetzt nannte, wenn der dabei war, wieder einmal, in ihren Augen zumindest, eine Riesendummheit zu begehen. Jedenfalls scheute sie nicht davor zurück, sich für alle Fälle ein kleines Depot an Schmucksachen anzulegen. In einer Bank auf dem Graben eröffnete sie nebenher ein Konto vom Taschengeld, das er ihr gab. Und manchmal, es kam freilich selten vor, starrte sie einfach vor sich hin, weil die Welt so leer war.

Abende im *Schwarzen Kameel*, im *Motto am Fluss*, beim *Herkner* draußen, beim *Plachutta*, Nächte in der *Loos-Bar*, im *Engländer*, in der *Eden*, in der *Blauen Bar* gehörten nun, wenn man so sagen kann, zu Evas Alltag. Auch zahlreiche Reisen wurden unternommen, müßig, die Destinationen hier aufzuzählen.

»Sag – sind alle Aristos so narrisch wie du?«

»Na – ich glaub' nicht.«

Der Toni lacht in seinen Polster hinein, Eva läutet nach der Bedienung im Hotel: Wir trinken noch was.

Es war an einem Abend in Salzburg, man war zu den Festspielen angereist, einer kleinen Unpässlichkeit Evas wegen hatte man einen der Opernabende ausfallen lassen, ausfallen lassen müssen, spazierte indes oben am Mönchsberg. Der Abend war lind und still, wunderbar geeignet für eine Promenade im Grünen: Die Kirchkuppeln in der Tiefe wölbten sich rund und gar zu prächtig, die Türme mit ihren Dächern standen spitz hervor, über der von halbhohen Bergen im Hintergrund gerahmten Stadtbucht schwebten ein paar silberne Wölkchen.

Wie sie darauf nur gekommen waren? Wie in Gedanken stehen bleibend und halb an Eva gewandt, die ebenfalls stehen geblieben war, mitten auf dem Weg, sagte Toni: »In trüben Stunden, weißt du, wenn's mich so richtig hat, so richtig angeht, kommt mir manchmal vor … das Schicksal hat es nicht gut mit mir gemeint. – Ja, was schaust denn so? Was ist denn?«, unterbrach er sich, um fortzufahren: »Warum haben meine Eltern, meine edlen Vorfahren nur alles verjuxt?

Den ganzen Besitz haben s' vertan und verludert. Freilich ... da waren Kriege, Wirtschaftskrisen ... die Politik ... all das. Was geht das mich schon an? Jedenfalls, ich bin ein armer Hund. Arm geboren ... und so werd' ich sterben. Und, stell dir vor: Ich bin noch stolz darauf! Gerade darauf bin ich stolz.«

»So hör schon auf!«, meinte Eva, »was red'st denn daher? Ich hab' eh schon Kopfweh.«

Da lachte Toni auf diese Art, wie nur er lachen konnte, ein kleines, trockenes, höhnisches Lachen, das fast wie ein Husten klang, aber, wenn man so sagen kann, es klang wie ein *ehrlicher* Husten.

Seit langem schon hatte Eva begonnen, klar zu sehen. All die Scharaden, der ganze Fasching, wie sie es nannte, konnten ihr die Augen nicht verpicken, im Gegenteil, von Tag zu Tag, kam ihr vor, sah sie besser, genauer, deutlicher.

»Wenn'st so weitermachst, wirst noch auf der Straßen enden, Toni. Im Rinnstein. Im Dreck«, sagte sie und machte ein saures Gesicht dazu.

»G'fallt dir das nicht? Ja, g'fallt dir das nicht?«, fragte der darauf ganz fröhlich und legte ihr zärtlich die Arme um den Hals: »Du bleibst doch immer bei mir, nicht? Du bist doch mein Schatz.«

Was hat er damals nur angehabt? – Wenn Eva sich später an diesen gewissen Abend zu erinnern suchte, fielen ihr zuerst immer nur Versatzstücke ein: das helle Hemd, die Manschettenknöpfe, die schlanke, biegsame Gestalt im Sommeranzug – er ist ja nicht viel größer als ich, schlanker halt – die schnabelförmigen, etwas aufgebogenen Enden der handgemachten Schuhe. Das glatt nach hinten gekämmte, gewellte, blonde Haar. Er hat ja schon eine kleine Glatze gehabt. Besser: eine dürftige Stelle. Wie oft hab' ich nicht einen Kuss darauf gedrückt? Wie alt war er damals, der Toni? Wird so um die dreißig, fünfunddreißig gewesen sein. Hat wie ein Bürscherl gewirkt, eigentlich: die Nase, die hellen Augen, das Lächeln. Unsicher, wie er war, hilflos – zum Gotterbarmen. Aber arrogant tun. Immer arrogant und glatt von oben herunter.

»Eva, ich muss dir sagen, fein wär's – bitte, sei mir jetzt nicht bös' –, könntest du nicht in der *Aurora* anfangen, da wär' mir sehr geholfen, in der Boutique? Wirklich. Hast jetzt eh genug frei gehabt, nicht wahr? Einmal geht halt alles zu End'«, hat Toni, kaum ein paar Wochen nach Salzburg war es, zu Eva gesagt.

»Englisch solltest halt lernen, Chinesisch wär' noch gescheiter«, hat er nach einer Pause noch bemerkt, die Eva war ja ganz baff, verständlicherweise, »unsere Kundschaft, nicht, die ist schließlich international.«

Mit ihrer vernünftigen, pragmatischen Seite sagte Eva sich: »Es hat ja doch so kommen müssen. Einmal ist eben alles vorbei. Ob da mehr war? Vielleicht ist es ja besser so. Wär' eh nur fad geworden – mit dem Würstel!« Mit der anderen Seite aber, die wir im Moment nicht benennen wollen, sagte sie sich, und sie sagte es unter heraufdrängenden Tränen: »Er ist ja doch nur in sich selbst verliebt, der Toni. Was hat er sonst schon auf der Welt? Der bricht mir nicht das Herz, der nicht. Wo er doch nur hinter seinen Vergnügungen her ist, oder was er so dafür hält. Eine Luftblase! Oder, eher noch, eine Seifenblase, eine schimmlige!«

Als sie dann hörte, dass ihr Toni sich zur Abwechslung mit zwei Kabarettsängerinnen zusammengetan hatte, Zwillingen, die einander aufs Haar gleichschauten und, um das noch zu unterstreichen, sich stets auch gleich herrichteten, dachte sie, wie recht ich doch gehabt hab'. Soll er sie haben, die Weiber, der Pimpf! Wird bestimmt hoch hergehen, dorten. Da hat er jetzt gleich zwei Spiegel, der Ärmste, wo er hineinschauen und sich drin vergaffen kann.

Die meisten Bekannten, die Leute, denen Toni sie vorgestellt hatte, grüßten sie jetzt nur mehr von weitem, von fern, grüßten lächelnd mit zwei Fingern und gingen rasch weiter. Kam einer doch einmal herüber, am Graben, in der Kärntner Straße, so nur, um sie anzumachen oder, noch schlimmer, zu fragen: »Wie geht's denn so? Na, *so* berauschend kann's mit dem Toni ja nicht gewesen sein – was meinst?«

Was Tonis Vorschlag anging, in der *Aurora* einzusteigen und dort die Verkäuferin zu machen, zögerte Eva keine Sekunde: »Ich mach' das«, hatte sie kurz angebunden gesagt, nachdem sie für einen Moment den Kopf gesenkt hatte – dann lächelte sie ihn an, den Toni, frisch und gerade so, als wäre ihr das alles selbst eingefallen.

Tatsächlich war es ja bescheiden gewesen mit ihm, mit dem Toni, vom Finanziellen einmal abgesehen. Das Bett ist nun einmal nicht alles, und doch erschien ihr gelegentlich, hell und strahlend und immer wieder plötzlich einschießend, sein fast knabenhafter Leib, die Brust mit den runden, rosigen Warzen, das hochgereckte Kinn – und sie empfand eine Lust, die fast ideal war.

5

Die Lokale, von denen nun die Rede sein soll, heißen in der Regel *Café 007* oder *Café Jadran* oder auch *The Money Café* oder dann wieder *Anaconda* oder *Café Stambul.* Diese Lokale haben gemeinsam, dass sie außerhalb des Gürtels situiert sind, irgendwo in einer Vorstadtstraße. Das Publikum besteht ausschließlich aus Männern, nie kommt da eine Frau herein – mit Ausnahme der Bardame. In diesen Lokalen geht aber nicht ab, was Sie vielleicht denken mögen, nein, ihr eigentlicher geschäftlicher Hintergrund ist das Kartenspiel. Alle möglichen Spiele werden hier gespielt, das Zweierschnapsen ist das eingeführteste. Tagsüber ist hier kaum etwas los, die meisten dieser Lokale sperren auch erst gegen Abend auf und halten dann bis vier oder fünf in der Früh offen. Hauptgeschäftstag ist der Freitag, weil Freitag der Lohnauszahlungstag ist. Dann ist es so gesteckt voll, dass man kaum einen Platz zum Stehen findet, Rauchwolken hängen über den Spieltischen, die umrundet sind von Zuschauern.

Die Zuschauer sind aber nicht bloß Gaffer, vielmehr sind sie mit den Spielern durch hochgradiges Interesse verbunden: Sie wetten. Sie wetten auf den Ausgang des Spiels, so oder so: Sie wetten auf ein einzelnes Spiel, sie wetten auf eine Serie, die aus sieben Spielen besteht, sie wetten auf die Differenz zwischen Sieger und Verlierer, und was es da noch an anderen Möglichkeiten gibt.

Das Publikum: meist Gastarbeiter, Leute vom Balkan, Türken, Bulgaren, Rumänen, Polen, Ukrainer, mit einem Wort: international. Warum kommen die Leute hierher und gehen nicht in die Wettsalons, die auf Sport, Pferde und Ähnliches spezialisiert sind? In den Cafés, von denen die Rede ist, ist prinzipiell jede Art von Wette möglich. Hier gibt es kein Reglement, keinerlei Einschränkung. Hier kann einer sein ganzes Gehalt auf einmal setzen oder die Gehälter, die er kriegen wird, auch findet er immer jemanden, bei dem er anschreiben kann, der für ihn einsteht. Freilich, zurückgezahlt muss werden. Was nämlich vor allem und grundlegend den Betrieb hier aufrechterhält, ist die Ehre, die Vorstellung von der Ehre, die keineswegs verletzt oder beschmutzt werden darf: Das hält die Spieler, aber auch das Wettpublikum zusammen.

Der Lajos hatte sich auf dreierlei spezialisiert: Einerseits wettete er, andererseits bot er sich als Kreditgeber an und stellte flink seine Schuldscheine auf einem Kassabon, einem Bierdeckel oder einem Stück herausgerissener Zeitung aus.

Manchmal spielte er auch selbst, aber nur zu besonderer Gelegenheit und in bestimmten Lokalen. Da ließ er sich dann freilich bitten.

Am liebsten spielte der Lajos, wenn schon etliches konsumiert worden war. Wenn es hoch herging. Die meisten Männer hier waren unverheiratet, waren Junggesellen, junge Leute, noch unversehrt vom Leben. »Sei froh, dass deine Mama nicht zuschaut!«, war ein gängiger Scherz hier, wenn einer wieder einmal sehr hoch setzte.

Der Lajos hatte in jedem Lokal so seine Tische. An anderen spielte er nicht. Er achtete aber darauf, abzuwechseln und immer abzuwechseln, sodass es im Grunde wie Zufall aussah, dass er an dem einen Tisch spielen wollte, am anderen nicht.

Er stieg meist erst sehr spät ein, wenn es um viel – oder um alles ging. Es wurde dann still im Lokal, höchstens dass hinten ein Betrunkener grölte oder laut rülpste, bis ihm schließlich einer den Mund verbat.

Die Leute waren ehrlich hier. Natürlich wollte ein jeder gewinnen – wie auch nicht.

Der Lajos schaute in den Spiegel, der hinter seinem Gegner aufgehängt war. Der Spiegel war ein wenig schief aufgehängt, das heißt leicht nach vorn gekippt, sodass einer, der hinter oder neben dem Lajos stand, etwas ganz anderes darin sich spiegeln sah als der Lajos.

Meist ging es gut aus. Freilich, es gab Tage, wo der ganze Spiegel nichts nützte, wo alles umsonst war – die Karten vom Lajos waren einfach zu schlecht.

6

»Natürlich hab' ich's gemacht, klar«, erzählte Eva der staunenden Runde in einer Pause, »da wär' ich ja schön dumm gewesen, nicht? Ich hab' einfach gespürt: Das ist deine Chance, Eva! Da musst du jetzt durch.«

»Und jetzt machst Englisch?«

»Englisch Zwei«, erwiderte sie, ein wenig reserviert, und rauchte sich eine Zigarette an.

Im Großen und Ganzen fand Eva das Publikum an der Abendschule ja popelig, lauter kleine Leute, ein bissl gar muffig. Sie hatte jedenfalls nicht vor, sich hier irgendwie näher bekannt oder gar festzumachen, nie im Leben.

Die *Aurora* in der Bräunerstraße war jetzt recht eigentlich ihre Welt. Obwohl sie sich zu Anfang gar nicht leicht hineingefunden hatte. Ihr kam bald vor, als wäre alles immer schon so gewesen: Das war der richtige Platz für sie. Und beinah schon ihr angestammter. Wie rasch das gegangen war! Manchmal war sie sogar über sich selbst erstaunt und ein wenig belustigt.

Zu Anfang bin ich ja immer bei der Tür gestanden, immer in der Nähe der Tür. Wie ein Hund. Viel zu bescheiden! Zu klein und, ja, demütig. In der Tiefe des Lokals muss man stehen, weit hinten. In der Tiefe des Lokals musst du stehen und den Kunden, die Kundin einfach auf dich zukommen lassen. Mit einem Lächeln vielleicht. Die Weiber sind überheblich genug. Und die Männer erst! Wenn s' schon nicht mit dem Schwanz wedeln können, wedeln s' mit der Brieftaschen.

Von Haus aus war die Bartuska schmal und zierlich von Gestalt. Nun hatte sie zwar nicht zugelegt, verstand es aber, durch drapierte Schals, Schärpen oder einfach durch den Schnitt ihrer Kleider ein wenig mehr von sich herzumachen. Sie stand sehr aufrecht. Dazu die üblichen High Heels, mit denen sie jetzt womöglich noch betonter auftrat. Sie bewegte sich schnell und präzise: Schließlich – es war ihr Lokal! Ihr Geschäft. Toni, der Graf, wie sie ihn bei sich selbst nun nannte, kam selten genug vorbei, ließ sich kaum blicken. Was hätte der da auch zu suchen gehabt? Den interessierte doch nur der Profit, das Geld.

Das etwas dünne Blondhaar war jetzt noch voller; in Locken, mit Volumen arrangiert, ließ es ihr Gesicht gleichsam gerahmt, in sich ruhend und wie gesättigt wirken. Die Augen, früher schon meist starr blickend und oft undurchdringlich, reichlich getuscht dazu, überlief jetzt manchmal ein flüchtiger Glanz von, ja, wovon? Von Sattheit, von aufflackernder Lebensfreude oder gar von

Arroganz? Das eine oder andere Schmuckstück, meist aus ihrem zu Tonis Zeiten angelegten Fundus, prunkte an ihren Fingern, dem entblößten Hals oder am Handgelenk – gleichsam als *Fußnote.*

*

Der Typ war ihr in der Abendschule bald aufgefallen, dunkel und bullig. Bestimmt primitiv, dachte sie. Er meldete sich kaum einmal im Unterricht, arbeitete nicht mit, wie man sagt, saß nur über sein Heft, seine Unterlagen gebeugt da. Dem kommt nichts aus. Der schreibt jedes Wort mit. Fleißig ist der bestimmt. In den Pausen blieb der Mann stets im Klassenzimmer sitzen, nie trat er auf den Gang hinaus, um wie alle anderen ein wenig zu plaudern, sich auszutauschen und sich dabei die Beine zu vertreten.

Gelegentlich ertappte Eva den Mann dabei, wie er zu ihr herüberschaute. So schnell konnte er den Blick gar nicht senken, der Schlawiner.

Wenn wir gesagt haben, der Typ war ihr aufgefallen, so ist das zu viel gesagt, viel zu viel. Er dümpelte gleichsam nur am Rand ihrer Aufmerksamkeit dahin, in der Grauzone, und selbst das nur momentweise. Er machte ihr keinerlei Eindruck, und wenn schon, dann einen ungünstigen. Ein Prolet, ein Streber, irgend so ein Dahergelaufener. Was sucht der eigentlich in der Schule? Was erhofft er sich davon?

Was Männer anging, war Evas Interesse eher darauf gerichtet, sich zu jenen Kreisen wieder Zugang zu verschaffen, zu denen sie infolge von Tonis Abgang den Kontakt verloren hatte. Die sie jetzt schnöde behandelten und schnitten. Mag sein, dass sogar eine gewisse Sehnsucht nach Rache da mitspielte, etwa in der Art: Na, ihr werdet schon sehen! Euch werd' ich's noch einmal zeigen.

Wie überrascht war Eva eines Tages, als sie das dumme Bratengesicht ihres Mitschülers vor der Auslage ihres Geschäfts auftauchen sah! Das Glas der Auslage spiegelte ein wenig, weil draußen gerade ein Regenguss niederging: So konnte sie von ihrem Platz aus bloß das Gesicht des Mannes sehen und erkennen. Er hatte es ja fast an die Scheibe gepresst.

Wahrscheinlich ist er nur stehengeblieben, gerade hier, weil es geschüttet hat. Ein Wolkenbruch. Weil er unter dem schmalen Vordach Schutz gesucht hat. Schon war er weitergegangen.

Eva jedenfalls hatte sich aus dem Stand heraus umgedreht, war rasch noch weiter in die Tiefe des Geschäfts zurückgetreten, wo sie mit ein paar Handgriffen die in einer Vitrine ausgelegten Sachen neu ordnete.

*

Was den Visvary András anging, die Zeiten im Packraum dieser Filiale im dritten Bezirk, wo er gemütlich Obst und Gemüse verkaufsfertig abgepackt hatte – wo waren die noch? Trat András jetzt morgens auf die Straße hinaus, war er stets im Anzug, die Schuhe frisch geputzt, einen kleinen, schwarzen Geschäftsrucksack auf dem Rücken. Er erlaubte sich diesen Rucksack. Mit einer Aktenmappe unterm Arm wäre er sich komisch vorgekommen – fast wie ein Angeber oder Hochstapler.

Was die Krawatte angeht, hatte er lang überlegt: Einerseits wirkte sie an seinem dicken Hals, im Zusammengehen mit dem mächtigen Brustkorb, dem runden Kopf, doch ein wenig unwahrscheinlich. Er hatte überlegt, sich einen Schnurrbart zuzulegen: Der hätte das Gesicht ein wenig unterteilt und damit lebendiger gemacht, irgendwie schlanker und flotter.

Er hatte ja niemanden, der ihn beraten hätte können. Eine Weile stand er vor dem Spiegel und überlegte hin und her: Was tun? Was anfangen? Immer so lang, bis er sich richtig blöd vorkam.

Schließlich hatte er die Frage nach dem Bart auf sich beruhen lassen, freilich stupfte gelegentlich immer noch ein Stachel herauf, der, hätte er sprechen können, etwa gesagt hätte: Weshalb muss gerade ich so unmöglich ausschauen?

Sein Job war jetzt die stichprobenartige Kontrolle der Stadtfilialen, was die Obst- und Gemüseabteilungen anging. Kein unwichtiger Job, nein. Das Netz der Geschäfte ist über die ganze Stadt ausgebreitet. András kam stets unangemeldet, überraschend. Die Kontrolle war genau: Angebot, Präsentation, Frische und Sauberkeit. Genauigkeit war ja der Witz an der Sache. Da muss man schon einmal unter die ausgelegten Äpfel, die Salatköpfe und die in Plastikbeuteln abgepackten Kartoffeln hinunterlangen. Sich die Hände schmutzig machen. Dem András konnte man nichts vormachen, er ließ sich bestimmt nicht einseifen.

Stand er nach durchgeführter Inspektion mit dem eben überprüften Filialleiter zusammen, war András freundlich, aber reserviert. Den Kopf gesenkt, wies er auf Mängel hin, machte Beanstandungen. Man konnte ihm anmerken, dass er froh war, wenn alles okay war. Da war ihm dann leicht ums Herz. Das ärgerte ihn. Blödheiten! Verzagtheiten! Meist setzte er sich dann in ein am Weg liegendes Café und füllte die Bewertungslisten gleich aus. Der erste Eindruck ist immer der beste, verlässlichste. Immer wieder einmal hob er, wie er so dasaß, den Blick, schaute vor sich hin, über seinen Kaffee und die Listen weg. Aber dieser Blick war ganz leer. Die Welt um ihn herum brauste nur so. Ja, so muss ich schreiben, gerade so, dachte er, so ist es, da gibt's nichts zu deuteln: Schon markierte er die Bewertung in der betreffenden Spalte, merkte unterhalb etwa noch Zusätzliches an. Ja, so passte es.

*

Ein Wort noch zu Eva: Die Kirche besuchte sie jetzt nicht mehr. Auf ihrem Weg zur Bräunerstraße und abends wieder heim gab es genug Kirchen, aber sie ging vorbei. Es kam ihr jetzt geradezu kindisch vor, dass sie früher einmal, in Brünn, jeden Tag in die Kirche gegangen war, um zu beten. Sie wohnte noch immer in Simmering draußen: Sobald ich das Geld beisammen hab', übersiedle ich, ziehe in eine andere Gegend. In der U-Bahn, die um diese Zeit meist überfüllt war – Geschäftsschluss, Büroschluss –, suchte Eva stets einen Platz am Fenster zu ergattern, zumindest einen Stehplatz an der Tür. Da wurden ihre schönen Kleider wenigstens nicht verdrückt. Zugleich war ihr, wenn sie da eingekeilt unter den Mitfahrenden stand, irgendwie wehmütig, ja traurig zumute. Reiß' dich zusammen, sagte sie sich dann, bist doch kein kleines Mädchen mehr.

*

Ein Tag im Herbst: Die Lichter am Graben waren noch nicht an, aber bald würden sie aufgedreht werden. Im Himmel oben, zwischen den hohen Häusern, war eine letzte Helligkeit. Eva hatte das Geschäft abgesperrt, auf die Straße hinaustretend merkte sie, dass es regnete. Es regnete leicht, gerade nur ein paar Tropfen, Eva stand unschlüssig da: Das Geschäft noch einmal aufsperren? Sie beschloss, den Regen zu ignorieren und einfach so zur U-Bahn zu gehen.

Kaum war sie auf dem Graben, begann es richtig zu schütten – aber da war schon ein Herr heran, ein Kavalier, dass es so etwas noch gibt, halb verdeckt von dem großen Schirm, den er, der hereinwehenden Böen wegen, gesenkt vor sich hertrug. Eva war gerade dabei, ihr freundlichstes Lächeln aufzusetzen: Um Gottes willen – das ist ja der Prolet aus der Abendschule!

Der sagte nichts, bloß seine dunklen Augen traten wie zwei Knöpfe hervor.

Was blieb ihr schon anderes übrig, als sich einzuhängen und sich im jetzt niederprasselnden Regen zur U-Bahn-Station begleiten zu lassen?

Später kam ihr dann vor, dass der Mann neben ihr die ganze Strecke weder aus- noch eingeatmet hatte. Der hat ja wirklich die Luft angehalten! Grotesk. In der U-Bahn, gegen eine der Türen gepresst, draußen flogen die Tunnelwände vorbei, kam ihr bald vor, dass der ganze Vorfall unwirklich, ja echt verrückt war, und sie lachte in sich hinein, der eine oder andere drehte sich schon nach ihr um.

Mit dieser ersten Begegnung war es freilich nicht getan. Sollte es nicht getan sein. Zwar redete der Prolet, wie sie ihren Mitschüler bei sich nannte, sie nie direkt an. In den Pausen trat er jetzt allerdings auch auf den Gang heraus, hielt sich wie selbstverständlich in ihrer Nähe, hörte zu, sagte gelegentlich gar ein Wort. Wie Eva bald merken musste, war sein Stand bei den anderen Schülern nicht der schlechteste – ließ er doch alle abschreiben, keiner hatte vollständigere Skripten als er.

Konnte er ihre Phantasie auch nicht einfangen und auch nur momentweise beschäftigen, dieser András, wie er hieß – zum Abschreiben war er immerhin gut. Das spielte sich so ein, dass er ihr übers Wochenende seine Mitschriften lieh. Einmal, es war vor einer Prüfung, brachte er ihr gar ein Skriptum im Geschäft vorbei.

Die Eva blätterte das Heft beiläufig durch.

»Das ist sehr nett von dir, dass du vorbeikommst«, bemerkte sie nebenher.

»Ja«, sagte der András darauf und wandte sich schon zum Gehen.

Da ging er.

»Also bis Montag!«, rief Eva ihm noch nach und war froh, den Typen so schnell wieder losgeworden zu sein.

Übrigens, der András hat sich ein Auto zugelegt, einen Mittelklassewagen. Wozu braucht er denn schon Geld, wofür gibt er es sonst aus? Mittags isst er meist irgendwo unterwegs, in irgendeinem Beisl. Menü. Abends dann kalt daheim. Er hat seine Unterlagen vor sich aufgebaut und so, beim Lesen und Repetieren, beißt er vom Brot ab, schiebt stückchenweise Käse oder Wurst nach. Ein Bier dazu. Nur nichts fettig machen!

Der Druck ist jetzt aus seiner Brust gewichen. Die Lena ist tot. Selbst das ist noch zu viel gesagt. Es hat keinen Sinn, mit ihr zu rechten, kommt ihm vor, weil, wenn er an die Lena denkt, ist sie einfach da, zwar sehr fern schon und wie in ein Licht getaucht, das es auf der Welt gar nicht gibt. So ein Licht gibt es nicht auf der Welt.

Für Augenblicke manchmal ist es so, da schießt es ihm ein, da wird ihm ganz bang, da kann er machen, was er will, da ballt er die Fäuste, Tränen wollen ihm aufsteigen.

»Lena!«

Wenn es ihn dann würgt, springt er auf und läuft auf die Straße hinaus, auf die Straße hinunter und läuft da.

Seit er das Auto hat, fährt er dann durch die Stadt, immer weiter, ganz gleich wohin. Es ist ja sowas von egal. Abend. Die Lampen streuen Licht aus wie Gries oder Schnee. Da und dort ein erleuchtetes Gasthaus, ein Restaurant. Schon kommen Lagerhallen, Remisen, freie Flächen, Bauland – Stadtrand. Oder es ist früh am Morgen, und die Straßen hallen, sind noch ganz leer.

Gott sei Dank ist alles leer, denkt der András dann, von unten her drückt es herauf, als möchte es ihm gleich übel werden. Aber ich krieg' doch kein Kind! Er packt das Lenkrad nur noch fester. Je schneller er fährt, desto leichter wird ihm zumute. Ganz leicht wird ihm, federleicht, wenn die Häuser, die Dächer und Fensterrahmen nur so vorbeifliegen, er steigt tüchtig aufs Gas, sodass alles hinter ihm zurückbleibt.

Den Lajos trifft der András jetzt selten. Viel seltener als früher. Insgeheim schämt er sich dafür, dass er den Lajos jetzt so auslässt, ihn eigentlich nur mehr aus Mitleid trifft. Früher, ja, da war er dir gut. Wenn's dich wegen der Lena arg überkommen hat.

»Was hast denn, András?«

»Nichts.«

»So red schon!«

»Es ist wegen Lena.«

»Ja?«

»Ob sie mich lieb gehabt hat?«

»Bestimmt.«

»Das weiß doch keiner. Ja, doch ... vielleicht. Ich war ganz anders damals ... ein anderer Mensch war ich. Und jetzt steh ich da.«

»Du bist doch fein raus, richtig fein raus.« – Der Lajos macht eine großartige Geste dazu, als wollte er die ganze Welt damit einfangen.

»Das zählt doch nicht. Was zählt das schon?«

Wie gern hätte András gewusst, ob die Lena ihn tatsächlich lieb gehabt hat. Das juckt und kratzt in ihm. Was ihn selber angeht, da ist er sich sicher. Wieso denn? Wo ist denn der Beweis? Er zählt sich die Beweise her: Dass er immerzu an sie denken muss. Dass er immer gut zu ihr war. Dass er sie nicht vergessen kann. Und wenn dann manchmal eine Art Hass gegen sie aufkommt, dann schaut der Hass so aus, dass man ihn gut und gern verwechseln könnte: Der schaut gar nicht viel anders aus als die sogenannte Liebe.

Ihm fällt die Orangenhaut an ihren Schenkeln ein, die fülligen Oberarme, dass sie gekeucht hat, die feucht überronnenen Kuhaugen ... die ganze verflogene Lust! Was hat das schon zu bedeuten? Er redet es vor sich herunter, den Zauber, das gewöhnliche Wunder.

»Letztlich ist sich ja alles gleich geblieben: die Möbel in der Wohnung, die Wohnung selber, die Vorhänge, die Straße, die U-Bahn – die ganze Stadt. Zum Schreien! Zum Schreien.«

Um das leidige Thema zu wechseln, der Lajos geht geduldig neben mir her, die ganze Zeit geht der geduldig neben mir her – geradeso wie einer, der dir was verkaufen will, der auf den richtigen Moment wartet, dir was anzudrehen, komme ich auf eine Idee zu reden, die mir schon eine Weile durch den Kopf geht, das heißt, ich will darauf zu reden kommen.

»Kannst mir a Geld leihen?«, kommt mir der Lajos zuvor.

»Vielleicht kann ich dir eine Arbeit verschaffen, weißt ... irgendwas in der Firma, einen Job? – Du gehst dich vorstellen, so, ich präparier' die Leute vorher ... in deinem Sinn ... also ...«

»Früher einmal ... ich weiß, du meinst es gut ... Was du vorhast, zeigt mir doch nur ...«, sagt der Lajos.

»Sag endlich einen geraden Satz!«

»Wer war ich … was bin ich?«, fragt mich der Lajos, aber er fragt mich nur zum Schein. In Wirklichkeit fragt er nicht einmal sich selbst.

Dann erzählt er mir, es geht in einem fort, wie er jung war in Szeged, seinerzeit, was für Pläne und Hoffnungen er gehabt hat.

»Du kennst die Belvaros-Brücke nicht«, erklärt er mir großspurig, »wenn du da hinunterschaust, ist es dir, als ginge da dein ganzes Leben vorbei mit den Wellen. Der Fluss. So. Wie oft bin ich nicht, vom Elisabeth-Park her, über die Brücke? Ich hab' das Fahrgeld gespart, weil ich ja großzügig sein wollte. Am Széchenyi tér, vor dem Rathaus war es abgemacht, und dann kommt sie her, im leichten Kleid, wie es damals war, lächelt, wir gehen um den Brunnen herum, uns abzukühlen. Und dann die Kárász-Straße hinunter, unter all den Leuten, ins *Café Virág*, die Kleine weiß schon, wo es hingeht, und abends dann, wenn es dämmert, im Széchenyi-Park vor dem Rathaus … das ist schöner als Schönbrunn, kannst mir's glauben.«

»Lajos!«

»Der Sommer ist sehr heiß in Szeged, heiß und staubig. Dafür ist der Winter kalt, ein eisiger Wind kommt die Kárász-Straße herauf, überall Eiszapfen, Raureif an den Bäumen, am Brückengeländer und so.«

*

»Ich hab' dich abgepasst. Die längste Zeit schon hab' ich auf die Gelegenheit gewartet«, gab der András der Eva später einmal zu: »Wie du im Regen über den Graben herkommst ... ohne Schirm ... das ist meine Chance!«

»Was machst denn so viel her von der G'schicht'«, gab sie zurück. Sie gingen nebeneinander her, heim von der Abendschule.

Natürlich schmeichelte es Eva, was und vor allem wie der András ihr da alles erzählte, doch andererseits sagte sie sich, auch schon was!

»Was machst denn so ... beruflich, meine ich?« Sie schlenkerte ein wenig mit ihrer Handtasche, um den Abstand zwischen ihnen beiden absichtsvoll zu vergrößern.

»Ich bin Controller. Ich ...«, und er erzählte ihr ausführlich, was er so machte.

Es war nun nicht so, dass Eva so gleichgültig war wie ihre Mienen. Mit ein bisschen Verstand hätte sie sich sagen können, allein schon dadurch, dass ich mich von ihm begleiten lasse ... doch so viel Verstand waltet in derlei Fällen meistens nicht.

»Früher einmal«, erzählte sie wenig später bei einem Kaffee, im Vorübergehen hatten sie einen Stehkaffee in einem Espresso genommen, »früher einmal war ich mit einem Grafen zusammen, einem Adeligen – das war vielleicht was! Da war ich noch nicht Geschäftsfrau.«

»Und?«, fragte András.

»Es ist dann auseinandergegangen«, antwortete Eva mit einem Lächeln, das, gegen ihren Willen und ohne dass sie es merkte, doch ein wenig melancholisch war.

»Jetzt kommt er nur noch gelegentlich vorbei, der Herr Graf… abkassieren! Was glaubst, wie schwer ich mich am Anfang getan habe, mit der Bestellerei. Mit der Mode. Mit allem.«

Dass András darauf sagte: »Kein Meister ist noch vom Himmel gefallen!«, verstimmte Eva. Das war ja gar zu simpel und platt. So sind halt so Leute wie der. – Über ihre Kaffeeschale weg warf sie András einen herausfordernden Blick zu, einen abschätzigen Blick, könnte man auch sagen.

Es war ein anderer Abend, sie gingen wieder einmal mitsammen heim. Die schulischen Fragen waren schnell abgehandelt. Sie schwiegen. Da entstand eine Leere, ein großer, leerer Raum – und darin gingen sie.

Es war, als würden die Füße zentnerschwer, die Arme, die Schenkel auch.

»Hast du nicht auch Hunger, Eva?«, fragte der András, obwohl er doch selbst keinen hatte: »Lass uns was essen gehen.«

»Ich sag' dir jetzt einmal tschüss!«, antwortete

Eva ein wenig atemlos darauf, schon wandte sie sich ab, ließ den András stehen und ging davon.

Es hatte sich so eingespielt gehabt, dass András Eva heimbegleitete, das heißt bis zur U-Bahn. Das war so eine Art Vorrecht von ihm, die anderen Schüler machten ihnen vor dem Schultor schon Platz. Später einmal gehen sie dann ein Stück weiter mitsammen, so als würden sie die U-Bahn-Station übersehen – weil so ein schöner Abend ist, weil Schönwetter ist, weil schulisch noch etwas zu besprechen ist.

Einmal sagt Eva: »Was will ich denn zu Hause? Lass' uns noch ein Stückchen gehen.«

Es kommt dazu, dass Eva dem András ausführlich vom Geschäft erzählt, von den Kunden und Kundinnen: Was die für Allüren haben. Welche Tricks man braucht, sie herumzukriegen. Geschmacksfragen! Mit einem Seitenblick schaut sie immer wieder in das ruhige, stille, aufmerksame Gesicht vom András hinein, um zu sehen, ob der ihr auch richtig folgt.

Sie erzählt von den Vertretern, die sie aufsuchen, ihr die Kataloge präsentieren, sie zu der einen oder anderen Bestellung bestimmen wollen. Da belebt sich der András: »Ja, das kenn' ich. Das kenn' ich gut. Jeder redet halt zu seinem Vorteil. So ist das im Geschäft.«

»Schlawiner!«, sagt Eva und gibt ihm einen Rippenstoß.

Kaum ein paar Schritte weiter fängt sie wieder von vorn an, von der Buchhaltung, den Steuern, der Miete, vom Grafen, der wieder im Geschäft war, mit den Einnahmen unzufrieden ist: »Trottel!«

András schmunzelt. Im Zwielicht der Straße kann Eva dieses Schmunzeln nicht sehen, und auch deshalb, weil der András den Kopf verstohlen ein wenig abwendet.

»Wie ist das so in deinem Geschäft. Verkaufst dich nicht auch ein bissl selbst?«

»Wo denkst du hin!«

Im Übrigen achtet Eva darauf, dass sie ja nicht in Richtung Innere Stadt gehen, sondern immer schön stadtauswärts, in Viertel hinaus, wo sie niemandem begegnen kann, niemandem *von früher*.

»Jetzt bin ich privat«, macht sie dem András vor, »da will ich keine Kundinnen sehen.«

An dem Abend, wo sie den András plötzlich hat stehen lassen, beginnt sie, kaum ist sie außer Sichtweite, zu laufen und sagt sich: »Blöde Kuh!«

Jetzt gehen sie wieder nebeneinander, eine ganze Weile schon. Diesmal aber gibt András den Weg vor, er dirigiert sie an den Fluss hinunter, an den Donaukanal, gerade dorthin, wo er mit dem Lajos war.

»Einmal ist es genug, nicht wahr«, sagt er, seine Stimme zittert dabei, sie kommt ihm ganz fremd vor. Da fällt er über die Eva her, umfasst sie mit seinen Armen und küsst und küsst sie, das heißt, bis sie sich losreißt und ihm, der mit hängenden Armen jetzt dasteht, eine Mordsohrfeige verpasst.

*

Einerseits schämt sich die Eva für den András, wie der ausschaut – mit seiner gedrungenen, bulligen Figur, der ist ja fast noch kleiner als ich, wie ein Paar von Liliputanern schauen wir zwei aus! Der runde Schädel dazu, und dann das Gesicht: als hätte man einen Schmalztopf darüber ausgegossen.

Nein, schön ist er wirklich nicht, der András.

Ist das aber so wichtig? Gescheit ist er ja – und hilfsbereit, immer zur Stelle, verlässlich. Das ist doch auch was.

Wenn er nur hübscher wär'. Ein bissl mehr von sich hermachen würde!

Und andererseits: Die Štefánikova – da kann ich mir den András gut vorstellen, wie der die Straße herunterkommt. Da kommt er herunter. Da geht er. An den Häusern geht er entlang, am Trottoir, es ist in der Früh, ein Straßenbahnzug saust vorüber, auf einem der Dächer drüben sitzen Tauben in der Sonne, sonnen sich und fliegen dann allesamt hoch wie auf Kommando.

Unversehens kommt die Eva ins Träumen, sie träumt sich den Lužánky-Park her, mit seinen großen, mächtigen Bäumen, den verschlungenen Wegen, den Wiesen, wo man so schön im Gras liegen kann.

»Wie lebendig du doch bist!«, hat der András zu ihr gesagt, fällt ihr ein.

Wieso denn nicht nachgeben?

Da fährt, wie ein unerwünschter, zugleich aber wohlbekannter Besuch, eine ganz andere Stimme aus dem Hintergrund her, aus dem Schatten unter den geträumten Bäumen im Lužánky-Park, es ist eine Stimme, die sie nur zu gut im Ohr hat.

»Aus dir wird ja doch nie was G'scheites werden, Eva«, hat der Karel einmal zu ihr bemerkt, »du wirst doch immer nur eine Schlamp'n sein, eine billige, und hinter irgendwas herrennen, hinter irgendwas, ein dummes Hendl aus Královo Pole.«

Sie verzeiht dem András, dass er über sie hergefallen ist, sie ist ihm ja gut. Ein paar Abende später sagt sie zu ihm, sie sind eingekehrt, haben Wein getrunken, sie stehen mitten auf der Straße, unter einer Lampe, und sie schaut ihn an: »Schau dir die vielen Wimmerln an, die du hast, schrecklich! – Mir scheint, du vögelst zu wenig!«

Da lacht sie, fröhlich und unbekümmert.

Und er weiß jetzt nicht: Was soll er sagen?

Tatsächlich, sein Gesicht ist ganz unrein, die glatt an den Kopf gepickten, schwarzen Haare sind fettig.

»Ein Doppelkinn kriegst ja richtig auch. Pfui Teufel! – So komm' schon her.«

Sie küsst ihn auf den Mund. Ist das jetzt zum Jux oder bloß Spielerei oder was ist es sonst, um Himmels willen?

Ein paar Wochen später, als alles sich gerade positiv entwickelt und angelassen hat, kommt der András bei einem Autounfall ums Leben. In seriösen Romanen passiert so etwas nicht, ich weiß, aber was soll man machen: Wieder einmal ist ein Abend, die Eva hat heute keine Zeit, gerade heute hat sie keine Zeit, der András steigt ins Auto und fährt los.

Schon früher einmal hat die Eva gesagt: »Was fährst denn so schnell? Bist verrückt? Willst dich derschlagen?«

Der András fährt, immer weiter, das Lenkrad beginnt unter seinem Griff zu zittern und zu schwimmen, alles verschwimmt und verschmiert sich jetzt: die Häuser, die Mauern, die Wolken am Himmel.

Kann sein, dass sich der András einen solchen und diesen Tod gewünscht hat, irgendwie: Einfach so, auf die Schnelle, auf der Straße, in Staub und Dreck, nur schnell – und das Blut rinnt in den grauen Staub hinunter, bis die Ameisen kommen, um von der himmlischen Süßigkeit zu kosten.

Das Auto ist nur mehr eine Ziehharmonika, ein Schrotthaufen. Nix wert. Fetzen. Im Schauhaus soll die Eva den András identifizieren. Besser nicht hinschauen!

*

Sie haben nie mitsammen gewohnt, haben keine gemeinsame Wohnung gehabt, nie. Gerade dass sie dem András erlaubt hat, ein paar Hemden und Unterhosen, etliche Paar Socken in Simmering in den Kasten zu legen – für alle Fälle. Wie oft war der András auch schon da gewesen, bei ihr? Drei Mal? Nein, vier Mal waren es. Sie packt die Hemden, die Unterhosen und die Socken und schmeißt alles in den Mistkübel. Das heißt, alles geht gar nicht so recht hinein, sie muss die Sachen hineinstopfen. Es passiert fahrig, wütend fast, und erst als die Eva sich wieder aufrichtet, wird ihr klar, was sie getan hat.

Es hätt' vielleicht was werden können.

Was soll ich denn machen, denkt sie, zuckt mit den Schultern, wischt sich die Augen und macht sich einen Kaffee.

Das erste Mal, das zweite Mal, das dritte Mal. An das vierte Mal kann sie sich schon nicht mehr richtig erinnern. Beim ersten Mal bin ich vorangegangen. Von der U-Bahn-Station die Gasse hinunter ist der András hinter mir her, ich voran – gerade so, als hätte ich vor etwas davonlaufen wollen. Dabei bin ich doch schnurgerade in etwas hineingelaufen! Sie beißt sich auf die Lippen. Muss schmunzeln dann. Zicke! Übel war's doch nicht! Zarter, als man geglaubt hätte.

Regie ist ja wichtig. Wie es geht. Wie man es macht. Wie der erste Eindruck ist. Das Bild, das man sich merkt. Das sitzt. Das sich einprägt.

Und jetzt, wie hinter einer beschlagenen Scheibe, taucht ihr der András auf, sie sieht seinen Nacken vor sich, bullig, wie er schwerfällig aus der Unterhose steigt, wie er sich niederbeugt. Er balanciert auf einem Bein. Das Bein ist behaart. Männergeruch. Die Haare. Da gibt es nichts zu deuteln, nichts zu lachen oder gar zu frohlocken, aber traurig ist es auch nicht.

Da hebt er den Kopf, schaut her.

Hab' ich dich glücklich gemacht, András? Das ist doch auch was. Das gibt's. Tatsächlich. Und hat das Glück auch nur kurz gedauert, war es doch Glück. Warum kann es nicht anhalten? Weshalb gibt es nur so wenig Glück auf der Welt?

Nachher sind wir immer hinunter ins Café an der Ecke. »Wieso hast denn nichts zu essen daheim?«, hat der András gefragt. »Das wär' doch zu traurig, daheimhocken«, habe ich darauf gesagt. »Das wird sich ändern müssen«, darauf ganz bestimmt der András.

Der hat ja vielleicht was vor, der Aff'! Wie das schon klingt: Das wird sich ändern müssen.

Bei der Gelegenheit ist uns ja dieser Schlurf untergekommen, der Lajos, wie er heißt. Ein Bekannter vom András. Der dann auch beim Begräbnis dabei war. Dem András war's, scheint's, ein bissl peinlich, dass der aufgetaucht ist. Der hat ihn gleich abgefertigt.

»Was gibt's da zu schauen? Was schaust denn so blöd?!«, schnauzt er ihn an.

»Ein Ungar«, hat er mir dann erläutert, »ein Bekannter von früher. Aus Szombathely.«

Beim Begräbnis tauchen die Eltern vom András auf, zwei Leutchen, schäbig und verweint. Nie hat der András von ihnen gesprochen, er muss ihnen aber regelmäßig geschrieben haben.

Von mir haben die zwei natürlich nix gewusst. Genauso wenig wie ich von ihnen. Zur Geliebten redet man nicht von den Eltern.

War ich seine Geliebte?

Hätte ich einen größeren, einen kleineren

Kranz zum Begräbnis bringen sollen? Was gehört sich, was ist richtig? War der Aufwand nicht doch ein bissl übertrieben?

Die Mutter trippelt hinter dem Sarg her, gebeugt und in Schwarz. Der Vater versucht, sich aufrecht zu halten in seinem Sonntagsstaat. Der hat ja genau die Augen vom András! Eine volle Schaufel Erde wirft er hinunter, dass es nur so knallt. Gut, dass ich mit denen kein Wort hab' reden müssen, bei ihrem Ungarisch. Kein Leichenschmaus. Das fehlte grad noch. Nach dem letzten Sanctus kommt nichts mehr. Die Lebensbäume, so dunkel. Gut, dass Herbst ist. Regenwolken. – Dieser Lajos macht doch tatsächlich Anstalten, herüberzukommen! Wie der schaut. Ich lass' ihn einfach stehen. Vorn gehen die Leichendiener Richtung Ausgang, ihre Tschakos bereits unterm Arm. Fünf Uhr. Auf dem Weg hinaus kommen mir die eigenen Eltern in den Sinn, mir scheint, die stehen da, warten und warten … wie lang ich die nicht gesehen hab'.

Traurig. Ja, traurig ist das. Da gibt's kein Herumreden, keine Ausreden. Královo Pole: kein Brief, kein Besuch – all die Jahre.

Wie ich ein Mädchen war, bin ich immer zur Kirche, jeden Sonntag, bei jedem Wetter, mit den Eltern. Ich war unschuldig, ein Kind. Was hab' ich da gemacht? Und später dann, als ich längst aus dem Haus war – wie ich jeden Tag in die Jakobskirche bin, auf dem Weg zur Arbeit.

Die Abkürzung am Konservatorium, an der Musikschule vorbei, durch den kleinen Park da mit dem Springbrunnen, seinen Bäumen, wo ein Krüppel immerfort die Wege gekehrt hat: Der war nicht ganz richtig im Kopf!

Eva beginnt, wieder in die Kirche zu gehen. Nein, nicht zur Sonntagsmesse, das nicht ... bloß so wie früher, in Brünn, als sie noch Kellnerin in diesem Bierlokal war.

Erst ist sie ein bisschen unbeholfen, nur die Gebete aus der Kinderzeit fallen ihr ein. Die stammelt sie her. Aber dann fragt sie sich vor dem Altar, wie sie da kniet, sie fragt sich Sachen, die eigentlich gar nicht hierhergehören.

Wen fragt sie da eigentlich?

Ich hab' doch lang schon gespürt, die längste Zeit, dass mit dem András was nicht in Ordnung ist. Dass der immer so brav ist, so still, so unterwürfig ... den drückt doch was.

Weshalb hab' ich damals am Kanal unten nicht zu ihm gesagt: Das hättest aber früher schon machen können, mein Lieber! Bist vielleicht feig? Wovor hast denn Angst?

Hab' ich selbst Angst gehabt?

Hab' ich gespürt, dass es nicht lang gehen wird,

dass etwas kommen wird, irgendwas ... dass es nicht gut ausgehen kann?

Was hab' ich schon vom András gewusst? Dass er verheiratet gewesen war. Dass die Frau dann gestorben ist. Krebs. Dass er an ihr hängt. Sehr. Oder war vielleicht was mit diesem Lajos?

Und vielleicht weil ich gespürt hab', dass irgendetwas nicht stimmt, dass es nicht ganz ist, nur körperlich ... war das nicht praktisch für mich? Einfach schön? Und gut? – Und das war mein Vergnügen, mein Spaß – und meine Schuld auch.

War sie so weit gekommen, stand sie auf, lief aus der Kirche hinaus, ins Helle und Weite eines Platzes, einer Straße, schüttelte den Kopf, lief und freute sich, freute sich, zu leben.

Es gibt keinen Zufall, nicht wahr, sagte sie sich ein andermal vor dem Kreuz, vor dem Gekreuzigten, alles ist vorbestimmt, nicht? Und warum? Weil du es gewollt hast! Du hast mich beschissen! Sie starrte zum Kreuz hinauf, das da zwischen Gold und Rosen hoch oben hing, so lange, bis sie vor sich selbst erschrak.

Das war doch zu lächerlich!

Jetzt stellte sich ihr ganz direkt die Frage, und es gab keine Ausflucht davor, ob es nicht doch besser war für sie, dass der András tot war, alles vorbei – darüber erschrak sie.

Bin ich noch ganz richtig im Kopf? Was ist denn nur los mit mir? Sie strich sich, jetzt schon im Geschäft, das sie aufgesperrt hatte, mit beiden Händen den Rock glatt. András! Mein Lieber! Mein Liebster. Mein Herz. Ha! Ganz weich und froh wurde ihr. Frühling. Dich vergess' ich nie!

Ich bin ja total durcheinander!

Bald darauf entschloss sie sich, nach Brünn zu fahren, die Eltern zu besuchen. Wie das zusammenging? Es war so leer um sie herum. Eines Sonntags machte sie sich auf. Hauptbahnhof. Die Gegenden, durch die der Zug fuhr, flach und öd. Herbst. Schwer und dunkel alles. Was sie sah, fiel und fiel. Dann Brünn. Die Eltern wohnten jetzt in Lesna, am Hügel oben, nicht mehr in Královo Pole. Plattenbau, sehr sauber alles, okay. Sechster Stock. Lift. Zimmer-Küche-Kabinett. Vom Balkon aus kann man breit auf die Stadt, auf die Innenstadt hinunterschauen.

»Schön habt ihr's da. – Das ist die Thomaskirche, nicht wahr? Dort drüben ... die Dominikaner? Allerheiligen. Das Janáček-Theater?«

Das waren die Gesprächsthemen. Wie seid ihr zu der Wohnung gekommen? Ob ich auch einmal so aussehen werde wie Mama? Hoffentlich nicht. Papa raucht seine Zigaretten, wie immer. Was die so kochen? Die ganze Wohnung stinkt. In Wien raucht kaum einer mehr. Ihr eigenes Tschechisch kam ihr jetzt fast ein bisschen komisch vor.

Durch die Altstadt zum Bahnhof. Sie konnte es nicht lassen, einen Abstecher in den Lužánky-Park zu machen, ein wenig zu spazieren. Lag am Weg. Da bin ich immer unterwegs gewesen. Karel. Das war vielleicht einer. Ah! Sie ging durch die Masaryk-Straße hinunter. Die Erinnerung an András, die mächtig sich aufdrängen wollte, ließ sie nicht zu. Tränen! Lesná! Die Eltern. Der Hügel. Der Schnellzug, aus Prag kommend, hatte eine Riesenverspätung.

7

Eine neue Figur ist vorzustellen: Salewski, Ulrich Salewski, wie er mit vollem Namen hieß, war nicht gerade als Geschäftsmann auf die Welt gekommen. Sein Vater war Zahnarzt gewesen, erst in Fünfhaus draußen; später war er groß ins Geschäft mit Implantaten eingestiegen, war einer der Pioniere der neuen Technik. Demgemäß konnte er mit seiner Ordination bald in die Innenstadt übersiedeln, zur besseren, zur finanzkräftigeren Kundschaft.

Daneben war er ein schöngeistiger Mensch gewesen, malte und formte gern aus Ton – was sich ja durchaus mit der technischen Seite seiner Profession vertrug.

Mag gut sein, dass die Hobbys des Vaters nicht ohne Einfluss auf den kleinen Ulrich waren, die Zahnarztkünste hatten jedenfalls keinen. Wo immer der Kleine ein Stück Papier ergattern konnte, sei es der Rand einer Zeitung, eine Serviette, ja ein Stück Klopapier, er bedeckte es mit Kritzeleien, die er auch gekonnt zu interpretieren verstand.

Er zeichnete etwa zwei verwackelte, einander überschneidende Dreiecke in Grün, über die er dann in anderer Farbe – etwa in Violett – eine Spirale malte. »Was soll das, Ulrich?« – »Das ist der Turm von Babylon!«, erklärte er mit Bestimmtheit.

Seine Hervorbringungen, das musste man ihnen lassen, waren stets einfach und übersichtlich, beherrscht und mit Entschlossenheit ausgeführt. Farblich verrieten sie ein Zartgefühl, das der Vater – naturgemäß entdeckte er die Begabung als Erster – nicht genug zu loben wusste.

Kam Salewski später einmal auf seine Kindertage zu reden, tat er es stets mit einem Seufzer: »Natürlich – wie jedes Kind war ich ein geborenes Genie. Das ist mir dann nach und nach abhanden gekommen – wie es so geht.«

Zu der Zeit, in der unsere Geschichte spielt, unterhielt Salewski eine Kunstgalerie in der Stallburggasse in der Inneren Stadt, unweit vom Dorotheum, wo er stets auch bei den einschlägigen Versteigerungen zu finden war. In den Gassen hier liegt eine Galerie neben der anderen, diese sind zum Teil auf Antiquitäten, auf alte Kunst, zum anderen auf Novitäten, auf die Avantgarde, spezialisiert. Gerade im letzteren Segment war, unter anderem, die Galerie Salewski aktiv.

Bei den Kritzeleien war es nicht geblieben. Wie ich auf dem Fußboden immer gezeichnet habe. Bleistift, Kreide, Deckfarben. Einmal hab' ich den Abdruck, den Papa im Vorübergehen mit seinem Schuh auf einem Stück Packpapier gemacht hat, in ein Werk von mir eingebaut. Der Kakao, den Mama mir hingestellt hat, ist regelmäßig kalt geworden.

Die Sechshauser Straße vor unseren Fenstern, eine lärmige, düstere Schlucht, verbrämt mit Gründerzeitkram, mit Attiken, Simsen, Säulchen und Blumengirlanden aus bemaltem Gips. Was mich beschäftigt hat, war das Licht in der Straße, wie sich je nach Tageszeit alles verändert hat. Das hat mich beeindruckt. Wie es bei Regen war: Vorhänge aus Wasser? Bei Schnee: Blinzeln der Flocken. Dann das Angehen der Lichter, abends, wenn die Straße unten plötzlich erhellt war, wo sie zuvor sich unheimlich und grau, als eine Art Unterwelt präsentiert hatte.

Mama mit ihren gepflegten Händen, ihren glanzlosen Augen, ihren spröden Bussis. Sie verstand mich nicht, nörgelte nur an mir herum.

Ich erinnere mich an den Tag, als ich versuchte, mein Gesicht abzuzeichnen. »Ein Porträt soll es werden?«, hat Papa gefragt: »Ist das nicht zu schwer?« Doch *Porträt,* das ist doch bloß ein Wort, wie sich bald herausstellen sollte: Das Gesicht vor mir im Spiegel, es bestand aus Nase, Mund, Augen und Ohren – und noch viel mehr. Was da alles war! Schaute ich die Nase an, wurde sie bald groß, so groß, dass das Gesicht rundherum ganz klein und winzig wurde. Bis es zuletzt ganz verschwand.

Ich streckte die Hand aus und griff schnell nach

meiner Nase. Da war sie ja! Da war sie. Dummkopf! – Und das ist dein Kopf, dein Gesicht, ja.

Der neu erworbene, rasch sich anhäufende Wohlstand, dessen Quelle die elegante Zahnarztordination in der Innenstadt war, lenkte mich von Fragen solcher Art vorerst einmal ab. Ich schlief damals schlecht, träumte viel. »Er ist halt ein bissl neurotisch, der Bub«, meinte etwa Papa, um mich bei Gelegenheit vor der Auslage eines Juweliergeschäfts in der Kärntner Straße zu fragen: »Willst eine Uhr haben, Uli? Die Schweizer sind die besten Uhren von der Welt.«

»Ich brauch' keine Uhr, Papa.«

Das Geld, das Geld, das Geld! Alles schien sich ja darum zu drehen. Bisher hatte ich, was mir geschenkt oder gespendet wurde, einfach in meine Sparbüchse gesteckt, ohne mich weiter darum zu kümmern. Was brauchte ich denn auch schon? Meine Buntstifte, den Malkasten, Zeichenpapier. Vor allem sah ich das frisch hereinkommende Geld in der immer aufwendigeren, immer pompöseren Ausstattung unserer Wohnung, was da nicht alles angeschafft wurde, insbesondere auf Betreiben und zum Wohlgefallen von Mama, bis zum Ankauf eines großen Autos, zuletzt unserer Übersiedlung aus der alten Stadtgegend fort in eine ganz neue und fremde. Jetzt wohnten wir also im Grünen, in Hietzing draußen. Sogar die Sonne, kam mir vor, hatte hier einen ganz anderen Glanz: bald wie Eiklar, bald wie feines Öl. Das Geld ist eine glitzernde Schlange, dachte ich: Da windet sie sich durch die Welt. Eine böse, bösartige Schlange! Selbst unser schöner Garten wurde mir über dieser Schlangenphantasie unheimlich. Steine, Kräuter und Wurzeln. Wie phantastisch sind doch die Vorstellungen eines Kindes, das heißt, meine waren es.

Der Rest ist schnell erzählt: Entgegen den Wünschen meiner Eltern, nicht nur jenen der Mutter, wie man annehmen könnte, ging ich nach glänzend bestandener Reifeprüfung an die Kunstakademie. Bildende Kunst. Die Kunst musste es unbedingt sein. »Brotlose Kunst!«, war alles, was Mama dazu einfiel. Sie war verschnupft. Papa hätte mich liebend gern als Nachfolger in seinem Metier gesehen, naturgemäß, fand sich aber mit meiner Entscheidung ab: Mag sein, er hielt mich fälschlicherweise für den Vollstrecker seiner eigenen Träume, war deshalb mit meiner Wahl zumindest halbwegs einverstanden.

Im Grunde ist es nur zu verständlich, dass ich letztendlich gescheitert bin. An der Akademie lief es zwar noch recht gut, meine Lehrer waren mit mir zufrieden. Ich war fleißig. Aber dann: Meine Erwartungen an die Kunst waren einfach zu verstiegen. Wie sich im Verlauf meiner kurzen Karriere bald herausstellen sollte, hatte ich mir das Ziel zu hoch gehängt, meine Arme, danach zu greifen, waren zu dünn, zu schwach. Immer zu wenig Mut. Und immer zu wenig Charakter. Dafür Größenwahn: Was habe ich nicht alles in die Kunst, ins Künstlertum hineingeträumt! Hätte ich eine Religion stiften wollen, ich hätte es nicht anders, nicht verrückter anstellen können. Das weltvergessene Treiben von früher, dieses wunderbare Zeichnen und Malen der Kinderzeit, längst war es mir verloren gegangen. Schlimmer noch: Es war mir verdächtig geworden. Stets wollte ich wissen, was ich im Begriff stand, zu tun. Wer fliegen will, der muss fliegen – so oder so! Und stürzt er auch, was soll's?! Kaum hatte ich mich an eine Arbeit gesetzt, redete mir schon eine Stimme herein: Wohin soll das führen? Was wird das werden? Vielleicht so? Vielleicht anders? Oder doch wieder so? Nicht einmal ein guter Handwerker bin ich geworden. Vielleicht bin ich gerade daran gescheitert, dass ich alles wollte, jedenfalls zu viel.

Ich gab das Malen auf, ging zu Arbeiten aus Draht über. Filigrane Plastiken! Der Raum und die Zeit, sagte ich mir vor, alles geschieht darin, in diesem Netz. Ich wurde zum Philosophen, wie billig. Ich entwarf Zeichnungen, die ich im Freien mit Brotkrumen auslegte, welche ich dann von Vögeln, die nur zu bereitwillig herbeigeflogen kamen, aufpicken ließ. Die Sonne! Der Mond! Das Weltall. – Ich wurde Esoteriker, Phantast. Wochenlang schlief ich im Auto, wusch mich in öffentlichen Toiletten, dokumentierte mein Treiben mit Photos. Tatsächlich, ich wurde originell! Immer einen Tick voraus. Mit einigen dieser Sachen hatte ich sogar Erfolg, man wurde auf mich aufmerksam, wie man sagt – was mich dann vollständig umwarf, und ich geriet in Panik.

Es endete damit, dass sich mein Vater vorsichtig über mich beugte: Ich lag lang ausgestreckt in einem sauberen, weißen Bett, die Arme eng am Körper, und in die Stille hinein fragte er mich: »Wie geht es dir, Ulrich?« Das gute Gesicht meines Vaters, betroffen und dürr, die Wangen grau und eingefallen, der Kinnbart, das Haarbüschel oben, die Augen gleichsam wie in nasse Tücher gesteckt: Mein lieber, geliebter Papa! Sein Tod sollte meine Karriere endgültig beenden. Ich sattelte um. Was wohl das Gescheiteste war.

*

Der Tod des András hallte lange nach. Grollte. András! Hatte sich das Leben der Eva Bartuska nach einer gewissen Zeit nicht doch wieder eingespielt? Rascher, als man glaubt? Vielleicht in dem Sinn, dass Eva einfach ihre Arbeit tat, sich gründlich ums Geschäft kümmerte, aß, trank, schlief, sich am Wochenende gelegentlich im Grünen erging, über alldem nicht den Kopf verlor: Das Beste ist immer nur so lang das Beste, bis sich was Besseres findet. Also: nur nichts anbrennen lassen.

Ob Eva ganz so abgeklärt war? Ein gewisser Widerspruch bestand allein schon darin, dass sie anfing, dem Schwinden ihrer Reize entschlossen Widerstand zu leisten. Als sie nämlich merkte, dass sich in den katzenhaften Liebreiz ihrer Züge etwas Hartes, Schroffes, Eckiges, wie es schien, auf einmal und arg störend einzuschleichen begann, beschloss sie sogleich, etwas dagegen zu unternehmen. Zu widerstehen. Sich zu wehren. Ja, was denn?! Es kam ihr wie ein Anschlag vor, ein persönlicher Angriff. Nicht mit mir! Erst jetzt und am eigenen Beispiel fiel ihr auf, dass Altern etwas war, das ringsum dauernd passierte. Es würde auch sie nicht verschonen. Ein Skandal! Hatte sie gleichwohl an manchen ihrer Kundinnen bemerkt, dass jetzt alles ein wenig anders war, etwa am Bauch, am Busen, an der Linie der Schultern, war es ihr immer bloß Anlass gewesen, auf Abhilfe zu sinnen, sich etwas einfallen zu lassen.

»Steht Ihnen ganz fabelhaft, Madame!«, sagte sie in einem solchen Fall mit leiser, jedenfalls nicht merklicher Ironie, rückte die Kundin ein wenig zurecht, um sie unauffällig in einen anderen, einen vorteilhafteren Winkel vor den Spiegel zu stellen. Die Schals und Bordüren, die Spitzenbesätze, Schleppen, Ketten und Säume, das kam später. Oder eben: »Yamamoto hat heuer wunderbare Hosenanzüge!« – für den Fall, dass etwa die Beine arg gelitten hatten.

Als sie das Altern an sich selbst bemerken musste, gerade in dieser heiklen, unübersichtlichen Phase, tauchte, ganz unvermutet, Lajos, dieser Lajos auf, eines Tages stand er im Geschäft in der Bräunerstraße.

Er fragte sie nicht einmal, ob sie sich an ihn erinnerte, erinnern konnte, er begann gleich damit: »Ich komm' wegen des András«, erklärte er patzig.

»Und da kommen S' grad zu mir?«

Eva war einen Schritt zurückgetreten. Es war Kundschaft im Geschäft, eine Dame, die in der Umkleidekabine probierte.

Der Fehler war, dass ich den Kerl so schnell wie möglich los sein wollte. – Was will denn der?

»Schauen S' halt abends vorbei ... gegen sechs ... ich hab' jetzt keine Zeit.«

Punkt sechs Uhr stand er tatsächlich vor der Tür.

»Wo gehen wir hin?«

»Von mir aus – gar nirgends wohin!«

Sie gingen dann in ein Café in einer der Seitengassen, gleich beim Steffl hinunter. Nicht, dass Eva sich für ihren Begleiter geniert hätte. Der sah nicht übel aus. Die ganze Angelegenheit war ihr einfach zu wirr, zu phantastisch. Auf was ich mich da wieder eingelassen hab'. Ich könnt' es doch wahrlich schon besser wissen, sagte sie sich auf dem Heimweg.

Was hat dieser Lajos also dahergeredet? Unentwegt hat er dabei mit dem kleinen Kaffeelöffel gespielt. Nie hat er mir in die Augen geschaut. Das heißt, das stimmt nicht. Immer wieder einmal hat er den Blick gehoben und mich angeschaut. Aber mich als Ganzes!

Der hat vielleicht einen Blick.

Also, er kommt wegen des András. »Du bist ihm doch nahe gewesen – soviel ich weiß.«

»Was redest denn so daher!«

Komisch: Gleich bin ich in die alte Art zurückgefallen. Gleich wie ich den Mund aufmache, bin ich auf der Štefánikova, zurück in der alten Zeit, in Brünn, so. Es ist mir nicht einmal unrecht! Nein. Es ist mir recht; sehr recht. Da bin ich daheim, bin ich sicher.

Also, der Lajos: ein Schlurf! Man sieht es ja auf

den ersten Blick. Da kann er noch so teure Schuh' anhaben.

»Wo hast denn die Schuh' gekauft?«

Dort und dort, sagt er und zieht dabei doch tatsächlich die Augenbrauen hoch, als wenn er überrascht wär', dass ich ihn so etwas frage.

»Wir sind jetzt nicht mehr in der Bräunerstraße, in deinem G'schäft. Ich bin kein Prolo. Was taxierst mich denn so?«

Frechdachs!

*

Die Geschäfte des Lajos laufen bestens. Zwar, es wäre bestimmt keine Übertreibung, zu behaupten, er habe eine kleine, miese Vergangenheit hinter sich, aber im Moment schaut es gut aus. Schon bei der flüchtigen Begegnung seinerzeit noch mit dem András, in dem Lokal da, erst recht aber beim Begräbnis hatte er sich beim Anblick von Eva gedacht: »Die hat so was!« Schließlich, sie hatte ja das Begräbnis organisiert, den Sarg mit dem goldenen Kreuz drauf, die Kerzen, Palmwedel und Kränze – all das. Die Eltern, diese Leutchen, waren doch bloß hinterhergehumpelt. Die kannte er ja noch aus Ungarn, aus Szombathely. Da war diese Frau doch schon ganz was anderes: Im Trauerkleid aus schwarzer Spitze, eine Art

Pelerine darüber, ein Kopftuch, das an ihr aber nicht vorgestrig, sondern, ganz im Gegenteil, elegant und vielleicht ein bissl überdreht gewirkt hat. Zuletzt hat's ja tatsächlich zu regnen begonnen ... wie es zur Traurigkeit, zu einem Begräbnis halt passt.

»Du hast mir gleich imponiert, Eva.«

»Was glaubst denn?!«

»Jetzt ... wo der András doch tot ist.«

»Grad über den András hast doch reden wollen, nicht?!«

»Worüber reden wir denn grad, ha?«

Morgens, kämme ich mir die Haare aus, bleibt immer ein Büschel im Kamm. Na, hoffentlich wachsen die nach. Die Lippen werden jetzt auch dünner. Wie geht das?

»Jetzt hast mir den ganzen Hemdkragen mit deinem Lippenstift angeschmiert!«, protestiert der Lajos.

»Ist doch hundert Prozent kussecht.«

Über den András haben wir von Anfang an kaum geredet. Das hat nicht allein am Lajos gelegen. Freilich, es war ihm nicht unrecht. Bestimmt nicht. Da war diese große Einsamkeit, in die ich langsam hineingekommen war. Eine Stiege hinab. Immer tiefer und tiefer. Da wollte ich nicht hin; da wollte ich heraus.

Die Einsamkeit ist wie ein Wasser, ein dunkles, kaltes Wasser, das immer höher steigt. Was kannst du schon dafür? Jetzt steht es dir bis an die Brust, jetzt bis ans Kinn – bald wird es dir in den Mund hineinrinnen.

Dabei war doch eine der schönsten Erinnerungen die, wie der András am Donaukanal unten über mich hergefallen ist, damals, wie die Sterne sich auf dem Wasser gespiegelt haben, auf den Wellen da, wie sie fortlaufen.

Für solche Spinnereien, wie er das nennt, hat der Lajos freilich nichts übrig. Aber auch schon gar nix. »Ich weiß, was eine Frau braucht«, sagt er und geht über mich her.

Gut war's. Ja, ich bin enttäuscht von mir, dass ich das mag. Die Enttäuschung kommt aber immer erst nachher. Die hinkt. Die kommt zu spät und läuft bloß hinterher.

»Was schaust denn so blöd?«, fragt der Lajos und stützt sich breit und frech auf seinen Ellbogen auf. Wir liegen im Bett, nebeneinander.

Selber blöd, blödes Schwein.

Es hat nicht lang gedauert, und ich war mit dem Lajos auf diesem Fuß. So waren wir gestimmt. Schräg. Im Nachhinein ist mir dann vorgekommen, es war sein Gesicht, seine ganze Art; der hat sich um nichts geschert, war direkt, gradheraus ...

Dabei irgendwie unschuldig. Wie ein Kind ist er mir vorgekommen, ein freches, verlaufenes. So war er. Den hat keiner Mores gelehrt gehabt. Mit seinem schwarzen Haarschopf schaut er prächtig aus – und weiß das auch. Fesch. Schlank und rank. Gut zum Anhalten. Ideal zum Verlieben.

Manierlich auch. Zumindest am Anfang. Zuerst hat immer er bezahlt. Hat fix darauf bestanden. Suche ich in der Handtasche nach dem Börsel, sagt er: »Lass das! Das ist doch meine Sache.«

Wir sind viel unterwegs in der Stadt, jetzt. Treffen auch auf den Grafen, den Toni, und seine jeweilige Begleitung. »Da schaust, was?!«, sage ich zu ihm, zum Toni. Übermütig und laut. Der soll nur wissen! Mit seinen Weibern. Was brauch' ich jetzt den Pinkel, wenn ich den Lajos hab'?

»Jeden Tag ein Dutzend Schwänze, ohne Frag', das ist die Grenze, Gnädigste«, singt der Lajos laut und lacht mich an.

»Wo hast das denn wieder her?«

»Was weiß ich.«

Eines Nachts erzählt er mir vom András, und dass sie sehr befreundet gewesen waren. »Er war doch depressiv, dein Liebling, verzweifelt«, erklärt mir der Lajos, »hab' ich ihn halt ein bissl lustig gemacht.«

»Es war wegen dieser Frau? Dieser Leni, nicht, der Verflossenen?«

»Mir kommt vor, er war immer schon so, der Ärmste – von Haus aus. Dann dieses Weibsstück: Trottelhaft! – Wo sie ihn doch beschissen hat, hinten und vorn! Aber schön war's mit ihm – ja.«

Das sagt mir der Lajos doch glatt ins Gesicht. Da grinst er noch breit dazu. Und weshalb, weshalb tut er das?

Langsam sticht er mir das Messer hinein. Damit er auf Nummer sicher geht, dreht er es noch einmal um, so, und noch einmal.

»Da ... mit diesem Schwanz hab' ich ihn gefickt, deinen Liebling.« Und er zeigt mit dem Zeigefinger hinunter, wo jetzt das Leintuch drüber ist, verschwitzt und zerknittert.

Du wirst es nicht glauben: Seit dieser Nacht steh' ich noch mehr auf den Lajos. Doppelt. Verrückt. Ich steh' total auf ihn. Er ist derjenige, welcher. Ich werf' mich hinein. Ganz. Macht er mich glücklich? Er ist wie die Sonne: Scheint sie, ist es ein schöner Tag. Und sonst?

Da würd' er lachen, der Lajos, laut lachen, wenn er das jetzt liest.

*

Ulrich Salewski und seine Galerie erfreuten sich des besten, ja eines ausgezeichneten Rufes. Seriosität war da nicht der einzige Trumpf. Nicht nur, dass Salewski jungen, noch unbekannten Künstlern gegenüber aufgeschlossen war, sich für sie einsetzte und in den in diesem Milieu so häufig auftretenden Notfällen hilfreich beisprang, er verstand es auch, mit den Leuten umzugehen, er hatte so seine Art, auf sie zuzugehen, ihnen freundlich zu sein. Dazu kam: Nicht nur, dass er Bescheid darüber wusste, was auf dem Markt angesagt war, er hatte auch eine Nase dafür, was bald angesagt sein würde.

So gemessen und soigniert er Sammlern gegenüber auftrat, insbesondere denen, die viel Geld hatten, so ganz anders sah man ihn im Kreis seiner Adepten, wenn er mit seinen Protegés und Künstlerfreunden beisammensaß. Da hielt er regelrecht Hof, schwadronierte und dozierte, man hing an seinen Lippen – und er trank; und trank. Er wollte und konnte einfach nicht heimgehen.

Beim Rasieren am nächsten Morgen schaute er sich in den Spiegel über dem Waschbecken, grinste sich blöde an. Eine Art von Übermut und saurem Stolz regte sich da: Das war ja einmal was! Toll! Bis er sich doch einen Ruck gab, den Kopf schüttelte und dann gleichsam mit letzter Kraft sich sagte: »Du armes, dummes Würstchen!«

In der Szene galt es bald als Vorzug und Ehre, von der Galerie Salewski ausgestellt und vertreten zu werden, nicht zuletzt wurde es als untrügliches Zeichen künftigen Erfolgs betrachtet. Man drängte heran. Freilich war Salewski nicht nur Samariter, er stellte nicht nur Newcomer aus.

»Auf die Mischung kommt es an, immer auf die richtige Mischung!«, ließ er sich gern vernehmen, wenn er in andächtig lauschender Runde saß. Natürlich widersprach ihm keiner. War ihm klar, dass diese Gefolgschaft seinem Geld geschuldet war? Blieb er einmal nüchtern, was gelegentlich vorkam, saß er eingezogen und für sich, mürrisch und verdrossen, trug kaum ein Wort zur Unterhaltung bei. Früh brach er dann auf. Doch nie vergaß er, im Abgehen die bis dahin aufgelaufene Zeche für alle zu bezahlen. So war er beliebt.

»Wo er wohl hingeht?«, wurde in der Runde gefragt.

»Heim geht der bestimmt nicht.«

»Na, wohin wird er schon gehen?«

Erfolgreichen Künstlern gegenüber, deren Werke hoch gehandelt wurden, verhielt Salewski sich wieder anders: Es sah fast aus, als würde er vor ihnen katzbuckeln und sich andienen. Ein feiner, kaum merkbarer Hohn würzte allerdings seine Aufführung. Da berühmte Leute, eingeschlossen in ihre Bedeutung, die Umwelt meist nur undeutlich wahrnehmen, es sei denn als die ihnen zustehende, huldigende Kulisse, machte die Art des Salewski weiter kein böses Blut, man hielt ihn bloß für ein wenig verschroben oder kauzig. Mag gut sein, dass der Ruhm ihn immer noch blendete. Dass er, geschäftlich erfolgreich und anerkannt, wie er war, jener Größe hinterherlief und trotz allem immer noch liebend gern einer dieser Künstler gewesen wäre?

Mit dem Tod des Vaters begann ein neues Kapitel: Der hatte Salewski eine größere Erbschaft beschert, die er rasch realisierte. Er konnte geschäftlich nun noch gewichtiger einsteigen. Das stärkte ihm den Rücken, dieses Lüftchen füllte angenehm seine Segel: Jetzt hatte er die Hände frei. Mit der Mutter wieder, früher war sie ihm mit ihrer Geltungssucht, ihrem Hunger nach gesellschaftlicher Anerkennung ferngestanden, jedenfalls auf die Nerven gefallen, mit ihr trat nun eine Art Burgfrieden ein, fast könnte man sagen, sie wurde um diese Zeit, wenn nicht gerade zu einer Freundin, so doch zu einer Art Vertrauten.

»Man hat mir zugetragen, du verkehrst jetzt öfter im Metropol, bei den Damen da?«

»Kann gut sein.«

Salewski lächelte, wechselte rasch das Thema, sonst wäre die Mutter bestimmt aufs Heiraten gekommen.

Gewöhnlich kam sie nachmittags vorbei, die Mama, schaute auf einen Sprung herein, wie sie sich ausdrückte. Tatsächlich hatte sie kaum je Zeit, blieb dann aber meist weit länger als vorgesehen, um zuletzt mit einem Aufschrei zu einer nächsten Verabredung aufzubrechen.

Trat die Mutter zur Tür herein, ließ Salewski jedenfalls vom Computer ab, auf dem er im sogenannten Büro, hinter dem eigentlichen Ausstellungsraum, für gewöhnlich Preise und Statistiken studierte, Ergebnisse diverser Angebote und Zuschläge bei Auktionen rund um die Welt.

»Hallo, Mama!«

»Hallo!«

»Richtig gut siehst du aus!«

»Na, wie läuft's denn so?«

Mit der Mutter ging es nie um Fragen der Kunst, kaum je um etwas Persönliches, es ging ums Geschäft, um Aussichten, die hoffentlich rosig waren.

»Der Markt spielt doch tatsächlich verrückt, Mama. Stell dir vor – gestern erst kaufe ich dieses Bild, du weißt schon, hinter dem ich seit langem her bin – geht heute weg, sofort, wie warme Semmeln … bitte, nimm doch Platz!«

Es war ein Ritual, dass er im Büro für die Mutter eine Tasse Tee aufbrühte, die sie nachmittags gerne trank.

»Ein Schlager! Hat mich selbst überrascht.«

»Was du nicht sagst«, erwiderte die Mutter, bequem eingefaltet in ihrem Stuhl saß sie da, fasste ihn dann freundlich ins Auge: »Lass dich anschauen, mein Sohn!«

Er legte den Kopf ein wenig schief, schaute zerstreut zu ihr hin, auf sie herunter.

Wie leer kam ihm ihr durch allerlei Künste geglättetes, jetzt vor Stolz und Zuneigung aufleuchtendes Gesicht doch vor! Wie süß sie nicht lächeln konnte! Ihre Züge blieben dabei stets kontrolliert, verzogen sich auch im Lächeln kaum. Ein langgestrecktes, glattes Rechteck war dieses Gesicht, das noch betont wurde durch die Frisur, die gezupften Augenbrauen, die die Mutter jetzt wie überrascht nach oben zog.

Wie ein Pferd sieht sie eigentlich aus, dachte er, ein alter Droschkengaul, der unverdrossen seinen Wagen vorwärtszieht. Immer die Straße fort. Zu holprig kann die gar nicht sein! Stets neugierig und aufgekratzt. Hörte Salewski dann etwa bei einer ihrer Bewegungen ihr Kleid rascheln, kam ihm vor, kam ihm vor … als sei er noch ein Kind, wie damals, und ihm wurde ungut. Blödsinn!

Das Verhältnis Salewskis zur Mutter war kompliziert, wie man sieht. Er hatte ja keinen Menschen, keinen Freund, keinen Vertrauten. Will ich es denn anders? Passt mir das nicht? Es war doch gut so. Es war doch praktisch, die Mama gelegentlich für ein paar Minuten zur Hand zu haben, ohne besondere Absicht oder irgendwelche Hintergedanken. Menschlicher Umgang? Nur nicht zimperlich sein. Nicht so viel Aufhebens davon machen! Was wollte Mama denn schon von ihm? Hören, dass er fit, dass er erfolgreich war. Letzteres vor allem. Und er? Was wollte er? Ein wenig Zuspruch vielleicht, ein wenig, ja, Anerkennung. Ein Lächeln vielleicht. Den Mangel an Wärme, an echter Zuneigung, der ihm doch auffiel, entschuldigte er leicht vor sich, indem er sich sagte: Was kann denn ich dafür, dass es zwischen uns so gekommen ist? Es ist doch ihre Schuld.

Die Mutter fragte ihn etwa, ob der oder jener Kunde schon gekauft habe, was die oder jene Kundin etwa noch kaufen könnte oder sollte: »Die wird doch bestimmt ihre Sammlung ausbauen – die hat doch Ehrgeiz, nicht wahr?« Von Kunst verstand Mutter nichts. Dafür verstand sie etwas anderes sehr gut: »Die Sammlung von diesem, du weißt schon – das ist doch bloß Larifari. Ein Spekulant ist das, ein Windbeutel. Dem traut doch keiner übern Weg.«

Unverblümt und direkt kamen ihre Urteile heraus. Eben weil sie von der Sache selbst nichts versteht, dachte Salewski, weil sie kein Herz hat.

Hab' ich das wirklich gedacht? Jedenfalls ist sie ehrlich. Mir gegenüber. Sie blufft nicht.

»Solltest du nicht größer einsteigen, Uli? Ich meine, was sind das für Preise? Kauf die Sachen doch rasch auf.«

»Ich bin am Überlegen, Mama. – Zugreifen? Abwarten? Der Markt ist doch sehr in Bewegung«, erwiderte Ulrich zögerlich, so als würde er noch überlegen – was er gar nicht tat. Wir spielen doch bloß miteinander, dachte er nebenher: Wir spielen einander etwas vor.

»Ich sehe da überhaupt kein Problem«, warf die Mutter jetzt ein, das Gespräch war weitergegangen: »Eins kann ich dir sagen: Nur ein Trottel nimmt jetzt keinen Kredit auf.«

»Richtig.«

»Du weißt, was du tust«, erklärte die Mutter nun mit Nachdruck und abschließend, raffte eilig Handtasche und Jacke zusammen. Im Aufstehen zog sie ihr Kleid glatt, beugte sich zu ihm vor, hielt ihm die Wange hin, dass er sie küsse.

»Du gehst schon?«, fragte er, tat überrascht.

Kaum war die Mutter aus der Tür, stieß er kräftig die Luft aus. Ein wenig schwirrte ihm der Kopf. Worauf lass' ich mich da jedes Mal ein? Dass ich das notwenig hab', dieses Theater? Wer bin ich denn, dass ich es zulasse? Ich bin doch gut imprägniert.

Freilich haftete auch diesen Gedanken etwas Vorgespieltes und Aufgesetztes an. Salewski schaute auf seine Armbanduhr: vier Uhr schon! Mit doppeltem Elan warf er sich auf die Arbeit.

*

Als die Mutter dann eines Tages vom Schlag getroffen wurde – ein ausuferndes Gesellschaftsleben, üppige Konditoreibesuche und ausgiebige Mahlzeiten in exquisiten Restaurants waren in den letzten Jahren ihr Faible gewesen –, ging er der ganzen Angelegenheit, so gut wie möglich, aus dem Weg. Zuletzt, es ließ sich nicht vermeiden, schaute er der Toten ins Gesicht, wie sie da aufgebahrt im Sarg lag, umgeben von grünem Schleierkraut und roten Rosen: Da liegst du jetzt still und stumm, Mama, bleich und tot. – Mama! – Und sonst? Weiß der Teufel, was es mit uns beiden auf sich gehabt hat. Dass du mich geboren hast? Dass ich immerhin dein Sohn bin? Das ist doch bloß Naturgeschichte, reine Physik!

Ruhe sanft, arme Mama, dachte er, mit einem Mal doch gerührt. Er fuhr sich mit der Hand an die Stirn: Ja, ich habe dich hinters Licht geführt, hab' dir was vorgemacht, Mama. Wie hätte es anders auch zwischen uns gehen sollen? Weiß Gott, hast du es gewusst? Bestimmt hast du es gewusst!

Wahrscheinlich jedenfalls. Vielleicht war es sogar ein gutes Geschäft für dich, sozusagen auf Gegenseitigkeit? Dumm warst du ja nicht. Bestimmt nicht. Was mich angeht, meine ganze Gescheitheit, mein kleines Genie, ha – wo hat es mich denn hingebracht? Dass du es nur weißt – und das wird dich freuen, zu hören: Was mich an der Kunst allein noch angeht, ist nicht die Kunst selber, das war einmal. Das Spekulieren interessiert mich, die Wette auf dieses und jenes – das sogenannte, von dir so hoch geschätzte Geschäft.

Nach dem Tod der Mutter machte Salewski, der neuerlich geerbt hatte, in wiederum größerem Stil weiter, das heißt, dass er noch unternehmungslustiger wurde, noch ein wenig kaltschnäuziger und verrückter disponierte. Der Nervenkitzel! Man muss schon was riskieren, damit es Spaß macht. Das Schicksal verwöhnt den Mutigen, oder wie man so sagt. Er stieg jetzt oft weit über seine ohnehin beträchtlichen Möglichkeiten ein, Kredite und Schulden begleiteten ihn. Er tanzte auf dünnem Eis, und er wusste das. Die Nächte wurden durchbraust, was auch sonst. Was für ein Hallo! Was für ein Vergnügen! Es geht. Es geht doch. Ein Weilchen zumindest, ja. Niemand machte sich Gedanken über ihn, im Grunde fiel es keinem auf, was mit dem Salewski los war. Die Mühe, ihn näher zu studieren, sein Treiben zu analysieren, machte sich keiner. Das Geschäft lief doch. Also, was soll's?

*

»Tatsächlich war meine Mutter okay, sehr okay. – Ich habe sie geliebt, direkt geliebt, meine Mama. Ob du's glaubst oder nicht, so war das. – Trinken wir noch einen? – Ich war ja so glücklich, so behütet als Kind! Echt. Die Welt, ich hab' sie gar nicht bemerkt. Oder – höchstens – positiv. Ja: positiv. So was gibt's. – Das ändert sich. Du wächst aus den Kindersachen heraus. Und was kommt dann? Was ist dann? Was, frage ich, was??«

Mit schwerer Zunge hatte der Mann gesprochen, zuletzt sich richtig hineingesteigert. Tiefsinnig, ja verbohrt. Jetzt, wo er verstummt war, stierte er nach Art eines Besoffenen vor sich hin.

Eva schaute fragend zu Lajos hinüber, der neben ihr am Bartresen lehnte, zwinkerte ihm zu. Sie waren nach dem Abendessen noch auf einen Drink in die *Eden* eingekehrt. Neben ihnen stand dieser Mensch da, dieser Besoffene, der vor sich hin schwadronierte. Jetzt schwieg er. Na. Mit tapsigen Bewegungen holte er eine Zigarette aus der vor ihm liegenden Packung.

»Feuer?«, fragte Lajos und hielt ihm auch schon sein brennendes Feuerzeug unter die Nase.

»Ihr – ihr kommt mich doch einmal besuchen, ihr zwei Hübschen, nicht wahr? Ihr zwei Hübschen, nicht? Jetzt – wo wir einander kennen. – Ihr macht mir doch die Freude ... ihr zwei Verliebten.«

Lajos und Eva schauten einander belustigt an.

»In der Galerie ... ihr zwei Verliebten.«

*

Der Tag war wie verhext. Gerade heute, wo ich so toll unterwegs war, ganz obenauf – wo's ordentlich was zu feiern gibt oder gegeben hätte, ist keiner da ... keiner! ... von den Üblichen, von meiner Clique, der Mischpoche. Sonst sind s' immer da. Lassen sich aushalten, protegieren, hofieren ... was weiß ich, die Leute.

»Heute ... ihr habt's ja keine Ahnung ... keinen blassen Schimmer habt's ihr ... wie denn auch? Heute, na: Ich mach' einen Schnitt, ein Riesengeschäft! London. Christie's. Geschieht ja nicht alle Tage. Steht morgen in der Zeitung. – Diese Schmieranten! Ich kann das beurteilen, ich kann das ... weil ich weiß: Weil ich es weiß!!« Salewski schlug jetzt mit der Faust auf den Tresen, dass die Gläser tanzten. Er, Salewski nämlich, war es, der da mit Eva und Lajos zusammen an der Bar stand und sich mit der Anschmeißerei und nichtswürdigen Vertraulichkeit eines Betrunkenen ausließ.

»Na, so was«, meinte Lajos zur Eva hinüber, »hört, hört!« Er verzog dabei das Gesicht, grinste breit, machte sich nicht einmal die Mühe, es zu verbergen.

»Der ist hinüber.«

»Ulrich! Ulrich Salewski«, stellte sich Salewski, der die letzte Bemerkung glatt überhört hatte, mit einer schiefen Verbeugung jetzt vor. Mit der Zigarette hätte er den Lajos dabei fast angebrannt.

Man schüttelte einander die Hände, murmelte Namen. Man trank noch einiges. Der neue Bekannte lud ein, lud noch einmal ein.

Irgendwann begann er zu schluchzen, schluckte an seinen Tränen, murmelte etwas, es war nicht ganz klar, was er hatte sagen wollen.

»Was ist denn los mit dir?«, fragte Eva, die jetzt auch nicht mehr nüchtern war.

»Nichts. Nichts.«

Lajos grinste, goss die Schnäpse hinunter, einen nach dem anderen, der neue Bekannte prostete ihm, plötzlich wieder gefasst, ganz feierlich zu.

»Noch einen?«

So hatten sie den Salewski kennengelernt.

*

Ein paar Wochen später betrat Eva die Galerie. Sie war allein gekommen. Schon vorher hatte sie die Adresse der Galerie ausgekundschaftet, sozusagen auf Vorrat. Außerdem: Sie lag ja ganz in der Nähe, gleich bei der Bräunerstraße, kaum ein paar Ecken von ihrer Boutique entfernt.

Der hagere Mann, der sich da im Hintergrund an einem großen, langen Tisch mit ein paar Mappen zu schaffen machte, schaute auf, legte den Kopf ein wenig schief und fragte höflich: »Was kann ich für Sie tun?«

»Wir kennen einander doch«, wollte Eva schon sagen, sagte aber nichts, vielmehr, sie brachte den Satz nicht heraus: Der da vor ihr stand – ein Mann mittleren Alters, im grauen Anzug, glattrasiert – er hatte mit dem Besoffenen, den sie in der Bar kennengelernt hatten, so gar nichts gemein.

Eigentlich war es ja eine Idee vom Lajos gewesen: Geh einmal hin! Schauen wir uns an, was mit dem Typen los ist. Was da läuft. Geh einmal hin. Geh nur. Frisch die Bekanntschaft auf, mach dich vorstellig, so … vielleicht ist der Typ brauchbar.

»Wozu?«

»Was weiß ich.«

Die längste Zeit war sie nicht gegangen. Hatte es aufgeschoben. Hatte keine Zeit gehabt. Keinen Kopf dafür. Vielleicht war's aber zuletzt doch kein so großes Mirakel, dass sie schließlich gegangen war. Wie es dann im Nachhinein etwa ausschauen will. Wie man sich das einreden und erklären möchte.

Die längste Zeit nämlich hat sich zwischen uns, zwischen dem Lajos und mir, schon etwas zusammengebraut, was richtig Ungutes. Wo war denn der Honigmond hin? Schlimmer kann's ja wirklich nicht mehr kommen, hab' ich bald gedacht. Er treibt's gar bunt, der Lajos.

Bin ich wegen der Schwierigkeiten mit dem Lajos gegangen? Weil ich gedacht habe, es ist aussichtslos mit ihm, ohne Zukunft? Vielleicht. Vielleicht auch nicht. Wer weiß schon so genau, weshalb er das eine tut und das andere lässt? Jedenfalls bin ich nicht als Abgesandte vom Lajos gegangen, als seine Spionin. Aus freien Stücken bin ich gegangen, aus Neugier – ja, aus Neugier wohl: So hätte sie das zu Protokoll gegeben.

*

Der Lajos hat den Spieß gar bald zwischen uns umgedreht. Das heißt, der Vergleich passt nicht recht: Von allem Anfang an hat ja nur er den Spieß zur Hand gehabt.

Wie ich draufgekommen bin, wovon er lebt; wie ich bemerkt habe, was da abläuft, der ganze Zirkus, war es zu spät, längst zu spät. Gleich zu Anfang hätte ich mich rühren müssen. Als es noch um die Schlüssel ging zum Beispiel: Der Lajos hat sich einfach die Schlüssel geschnappt, die Schlüssel zu meiner Wohnung. Wahrscheinlich, ich geb's zu, ich hätte ihm auch die Geschäftsschlüssel gelassen, den Schlüssel zur Kassa sogar, ich geb's zu.

»Hast kein zweites Paar Schlüssel?«, hat er gefragt. Als ich nein gesagt hab': »Lasst halt welche machen!« Und er setzte sich zum Frühstück.

Bald einer hätte mir da wohl sagen können, wie es kommen wird, aber da war keiner.

Abends ist er nie da, der Lajos. Ich sitze allein in der Wohnung. Ich warte. Ich mache das Bett, zieh' mich aus, wasch' mich und warte. Und wie ich warte! Dann kommt ein Anruf: Ich bin dort und dort. Was – es ist spät? Was – du holst mich nicht ab?

Meist ist er schon aufgemischt, wenn ich ihn abhole… oder völlig hinüber. Kommt auf den Spielverlauf an. Wie es läuft. Ich sitz' daneben. Er spielt. Und noch einmal. »Ich muss doch morgen ins Geschäft«, sage ich. Er wirft einen Blick auf die Uhr, sagt: »Ist doch schon morgen!«

Heim. In letzter Zeit fickt er mich nicht mehr. »Weißt, wenn ich gewinn'… und gewinn'… dann geht einfach nix. Dann bin ich zu müd'. Dann bin ich zu müd'.« Und er grinst mich auf seine Art an. »Mach's selber.«

Schön ist er nicht, der Lajos. Doch geht etwas von ihm aus, ich weiß nicht, von den Augen vielleicht, die so dunkel sind, so feucht, dass man dran picken bleibt. Ich weiß nicht: In dem ist was drin wie eine aufgezogene Feder. Und rührt er mich an, ist es ein Schlag, ist es wie ein Funken … ah, Liebe!

Was redet man sich nicht alles ein.

Als es schlechter, ganz mies für ihn lief, war die Liebe größer. Eine Zeitlang war er abgebrannt, niedergestimmt, ganz herunter. Da hat er sich an mich gehalten. Wie aufgekratzt war ich damals, nervös, nervös. Nacht für Nacht, war ein Nachtvogel wie er, grau in schwarz, aber lustig, untergehakt, bunte Gesellschaft … und dann die Liebe, das Bett, das Licht am Nachttisch … und noch einmal. In der Früh ins Geschäft.

Jetzt, wo es wieder läuft für ihn, gut läuft, braucht er mich nicht … braucht keine Uhr, keinen neuen Anzug, keinen Hut … und dass ich seine Schulden zurückzahl'. Ich bin jetzt überflüssig. Jetzt, wo's läuft, sind Weiber genug da, die sich anbiedern, sich *verlieben*, ha, ihm das Geld, das er hat, aus der Tasche ziehen … und das, das ist die Pointe von der ganzen Geschichte: Wenn ich nur lang genug zuwarte, dann läuft es wie auf Schienen, und ich hab' ihn zurück, hab' ihn bestimmt zurück, den Lajos, wenn er Pleite macht.

*

Bin ich attraktiv? Wird er mich ficken? Wie ich ausschau'! Parfum! Und noch einmal! Vor dem Spiegel richtete sie eine Haarsträhne, legte sie einmal so, dann wieder anders. Vielleicht doch ein bisschen mehr Lippenstift? Es war ein prekäres Gleichgewicht in ihrem Gesicht zwischen dem Mund, den Augen, den nicht allzu vollen, blonden Haaren. Vielleicht doch ein Haarteil? – Dass sie sich diese Fragen stellte, dass die Kette der Fragen immer länger wurde, das hätte ihr sagen müssen, dass sie einer Sache Bedeutung gab, die von vornherein aussichtslos war.

Vielleicht red' ich mir ja alles nur ein, sagte sie sich. Obwohl das in Form einer Frage geschah, war es doch eher eine Feststellung, weil sie die Antwort wusste. So lief sie im Kreis.

Du musst es ganz anders anlegen.

Du wirst alt.

Lass ihn stehen.

Vor dem Spiegel begann ihr Gesicht, besser: das Abbild ihres Gesichts, zu zittern, zu schwanken, es floss auseinander, je länger sie hinstarrte, ja, es lief vom Spiegel herunter: Jetzt war es nur mehr eine lächerliche rosa Pfütze.

*

Letztens hat er mir erzählt, wie er als Kind versucht hat, den Wienfluss zu zeichnen, der Salewski. Schöne Neuigkeit, das! Der Salewski geht im großen Ausstellungsraum hin und her und erzählt. Ob ich jetzt da bin oder nicht, merkt er das überhaupt?

»Von der Sechshauser Straße, wo wir gewohnt haben, war es nicht weit an den Wienfluss hinunter, nicht sehr weit. Da rinnt er, unten in seinem Bett, ein größeres Rinnsal nur. An Stellen, da dreht sich das Wasser, rinnt bald schneller, streckt sich, kam mir vor… Ich konnte nicht lang genug zuschauen.«

»Ja, und?«

»Doch der Fluss, der zwinkerte mir bloß zu, der floss einfach vorbei. Der floss an mir vorüber. Was hat mich denn so gepackt? Ja… Ich zeichne. Und zeichne. Tausend Mal konnte ich mir sagen: Jetzt, jetzt wird's was. Dabei… nur die Mauern gingen mir gut von der Hand, die Ufermauern, die Steine. – Ich hätt' halt auch gern einmal der Welt ein Bein ausgerissen, nicht wahr?! Das Wasser, das ist doch nur in sich selbst verliebt, das hätte ich doch schon wissen können, nicht? – Was rede ich da? Das kann Sie doch alles nicht interessieren!«

Dass er, Salewski, mit Eva mittlerweile auf solchem Fuß umging, sie, ja, auf diese komische Art ins Vertrauen zog – wie das?

Sie kannten einander jetzt länger. Die längste Zeit, wie Salewski manchmal bei sich dachte. Öfter auch dachte er, ein wenig ingrimmig: zu lang schon.

Andererseits ertappte er sich dabei, dass er abends in der Galerie manchmal innehielt und sich fragte, ob sie wohl kommen würde. Da horchte er dann nach; schaute zur Tür hinaus. Schüttelte über sich selbst dann den Kopf und zog die Tür zu.

Zuerst war sie bloß Kundschaft gewesen, kaum auffällig unter den anderen, höchstens durch ihre Mickrigkeit. Nun, sie hatte etwas gekauft, eine Kleinigkeit, irgendwas, eine nicht allzu kostspielige Zeichnung. Dann ging es um die Rahmung. Salewski erinnerte sich nur undeutlich an ihren ersten, engeren Kontakt. Ein Geschäft halt. Peanuts. Sie sprach ihn auch nie auf etwas an, hielt ihn nicht auf, war nicht lästig. Ja, er hielt sie für einen Banausen – die weibliche Form des Wortes wollte ihm nicht einfallen. Wie sie in den vorgelegten Mappen gekramt und da und dort eine Frage gestellt hatte. Solche Kundschaft verirrte sich für gewöhnlich nicht in seine Galerie. Gelegentlich ein Tourist vielleicht, einer, der hereinschneit und von überhaupt nichts eine Ahnung hat, ein Idiot.

Später sah er sie auf einer seiner Vernissagen. Der Computer verschickte automatisch Einladungen an alle Kunden. Schließlich war sie Kundin. Da sie niemanden kannte, stand sie unter den Leuten herum, so redete er ein paar Worte mit ihr.

Dann kam er darauf, dass sie Geschäftsfrau war, ganz in der Nähe – in der Bräunerstraße. Die Entdeckung war ihm ungut. Von da an mied er die Straße, machte einen Bogen um sie.

Er versuchte es mit verdrossener Miene, mit Schroffheit, mit einer Mundfaulheit, die fast schon beleidigend war: Die Frau kam wieder. »Jetzt kennen wir einander schon länger«, sagte sie einmal zu ihm und streckte ihm die Hand hin, mit einem Lächeln: »Meinen Namen kennen Sie ja – von den Rechnungen. Ich hab' da auch ein Geschäft – ganz in der Nähe: in der Bräunerstraße.« – Peinlich. – Was wäre darauf zu sagen gewesen?

Wer aber nun glaubt, die Bartuska hat von Anfang an ein Auge auf den Salewski geworfen, der irrt sich gewaltig. Immerhin, sie sah, dass er allein und anhanglos war. Dass er Geld hatte. Dass er unausgeglichen war, wusste sie: Hatte sie ihn doch auch als besoffenes Großmaul erlebt, seinerzeit, in der

Eden. Sie hatte auch dies und das über ihn gehört. Was die Leute so reden.

Die Frage aber, die damals oben auf ihrer Agenda stand, war eine ganz andere: Was ist jetzt mit dem Lajos? Was ist es mit uns zwei? Kommt er? Kommt er nicht? Wann kommt er? Wann? Bleibt er? Lasst er mich sitzen? – Es war etwas Flehentliches an diesen Fragen, etwas Wildes, von tief unten Heraufgewühltes, wie eine mächtige Woge, die weit hinabfassen muss, damit sie so groß sich aufwerfen kann.

Weshalb bin ich nur so hilflos?

Dagegen war dieser Salewski – ja, was eigentlich? Der dümpelt so dahin. Den gibt es.

Versuchte sie sich den Salewski vorzustellen, ein Spiel, das sie gelegentlich anstellte –, sah sie ihn gebeugt über seine Mappen, an diesem Tisch im Hintergrund der Galerie, groß, hager und fast körperlos stand er da, stets beschäftigt. Oder sie sah ihn von hinten, da war sie näher heran, sah die über seinen Hinterkopf gelegten Haare, den Nacken, die Schultern im grauen Anzug – und wie er sich plötzlich herwandte und sie anschaute.

Salewski hatte das lange, schmale Gesicht seiner Mutter geerbt, ihre doch eher dünnen Lippen, die gerade herunterzeigende Nase. Glatt und verschlossen – und viel zu wenig lebendig. Irgendwie dumpf. Insgesamt wirkte er müde, schlaff die

Wangen, müde der Mund: Kann der nicht lachen, fragte sie sich. Kann der nicht fröhlich sein?

Eva wusch die Sachen, die der Lajos bei ihr in der Wohnung zurückgelassen hatte, um nicht zu sagen: vergessen hatte – er kam jetzt nur mehr selten. Sie bügelte die Sachen, legte sie sorgsam zusammen. Die Anzüge bürstete sie aus, hängte sie zum Lüften auf den kleinen Balkon.

Simmering. Weiter unten in der Straße stand ein einzelner Baum in einer Grünanlage, die die Front eines Wohnblocks begleitete. Die Straße. Ein Hydrant. Hunde und ihre Herrchen dahinter.

Dann kam der Lajos gar nicht mehr. Er kam einfach nicht mehr. Tauchte nicht mehr auf. Die Zeit verging. Schließlich lief sie, alle Bedenken und inneren Widerstände beiseiteschiebend, nachts in seine Stammlokale, machte die Runde, in Ottakring, im Prater, in Simmering, fragte sich durch, aber nur mit dem Ergebnis, dass man ihr sagte: »Der ist fort, dein Lajos. Lange nicht gesehen. Was darf's denn sein?« – »Wohin?« – »Willst leicht ficken, Alte? Nach Hamburg, hat es geheißen.« – »Wann?« – »Bei den Schulden wär' ich auch längst fort. Der ist dahin.«

8

Der Salewski schaute Eva mit seinen grauen, etwas kalten Augen an und empfahl ihr dann kurz angebunden, dies und das zu kaufen. Sichere Investition. Eva kaufte größer ein, Bilder, Zeichnungen, Objekte auch. Fast wurden diese Einkäufe zur Gewohnheit. In ihrer Wohnung in Simmering war bald kein Platz mehr. Sie mietete ein Lagerabteil an, das sie mit ihren Erwerbungen vollstellte.

Gelegentlich blieb der Salewski bei ihr hängen, wie er das im Nachhinein bei sich nannte: Sie hatte ja Zeit für ihn, stets auch auffällig viele Fragen jetzt. Sie fragte nach dem Preis, naturgemäß, nach dem Künstler, nach den Absichten, was der wohl mit seinem Werk hatte ausdrücken wollen.

»Was gefällt Ihnen denn an dem Bild?«, fragte er.

»Ich weiß nicht. Ich möchte es haben.«

Das wieder führte zu Erläuterungen des Salewski, insbesondere wenn keine andere Kundschaft im Geschäft war. Spielte er sich groß auf? Nein. Es war bloß Höflichkeit. Sie nestelte an ihrer Frisur herum, trat von einem Bein aufs andere, lächelte ihn an. Dankte es ihm. Bald kam es dem Salewski vor, dass sie immer gerade um die Zeit auftauchte, wenn in der Galerie nichts los war. Früher

Nachmittag. Darauf angesprochen, erklärte sie, sie müsse sich um ihr eigenes Geschäft kümmern: »Glauben Sie, ich kann einfach so kommen, wann es mir passt?«

Tatsächlich, aber davon wusste der Salewski nichts, hatte Eva mittlerweile eine Verkäuferin eingestellt, konnte also kommen, wann sie wollte.

Eva bewunderte den Salewski, irgendwie. Aber nicht durchwegs. Was der so alles erzählen konnte! Was der alles wusste! Wie höflich und manierlich er war. Ja, sie schwärmte ein wenig für ihn, belächelte ihn aber andererseits. Was verstand denn der schon vom Leben! Weltfremd und versponnen, wie er ist. Bestimmt ein Muttersöhnchen. Fad. Obergescheit. Nicht viel dahinter. Immerhin bringt diese Art von Gescheitheit etwas ein. Eine gute Partie? Arm ist der bestimmt nicht. – Sie verglich das Geschäft des Salewski gern mit ihren Modesachen: Es dreht sich doch alles bloß ums Geld.

Und doch, und doch – da war noch etwas anderes beim Salewski, irgendetwas Verstecktes und Zartes, fein war er und ... ja, was? Weshalb ist er denn traurig? Ist er denn überhaupt traurig? Oder nur gelangweilt? Arrogant? Hält sich für was Besseres?

Im Grund bedeutet dir der Salewski doch gar nichts! Soll er doch machen, was er will. Was geht der mich an?

Wenn du ehrlich wärst, einmal nur ehrlich, müsstest du dir sagen, dass du nur herkommst, dass du nur kommst, weil der Lajos dich hat stehenlassen, weil der nicht mehr kommt.

Die Zeit vergeht, sagt man. Ja, tatsächlich. Ja, sie vergeht, aber sie beschwindelt dich dabei, spielt dir was vor, weil sie zugleich so tut und erklärt: Es ist vorbei! Es ist vorbei! – Wo doch gar nichts vorbei ist.

Gelegentlich, da schien der Salewski sich zu vergessen, seine übliche Reserviertheit fiel ab, er ging direkt aus sich heraus. Da wurde er gesprächig, streute Anekdoten und Pointen in seine Ausführungen ein, was Persönliches – wie zum Beispiel die Geschichte mit dem Fluss: Wie er als Kind versucht hatte, den Wienfluss mit seinem Dahinfließen zu zeichnen.

Zuletzt musste er sich oft arg räuspern, so trocken war ihm der Mund geworden vom Erzählen, wenn er schließlich, sich selbst ermahnend, bemerkte: »Was rede ich denn da?«

»Ich war Student an der Akademie, wissen Sie, an der Kunstakademie hier«, fing er eines Tages an, »der Professor stellte uns die Aufgabe, ein Tier zu zeichnen, irgendein Tier. Ich gehe also in den Tiergarten – ich hatte ja kein Haustier. Ich hatte vergessen, wie ausgedehnt und verschlungen die

Wege im Tiergarten sind, zuletzt war ich als Kind im Tiergarten gewesen.

Ausgerechnet beim Käfig der Hyäne bleibe ich stehen. Weshalb? Bestimmt, weil nur wenige Leute da stehen bleiben: Da kann ich in Ruhe zeichnen.

Das Zeichnen ging mir flott von der Hand, ich hatte die Sache bald im Griff, die Hyäne, wie sie da vor mir auf und ab lief, allein in ihrem Käfig – mit ihrem Fell, den Zähnen und den Glotzaugen.«

»Ja, und?«

»Ich mache ein, zwei Zeichnungen. Dann noch eine und noch eine. Ich kann mich nicht losreißen. Ich stehe da und zeichne. Ja – was fasziniert mich denn so an dem blöden Vieh? Was ist es denn?«

Salewski merkte, dass er dabei war, sich in einen Wirbel hineinzureden. Er unterbrach sich, hob den Kopf, warf Eva einen schnellen Blick zu und sagte, im Versuch, seine Selbstsicherheit wiederzugewinnen: »Wie verrückt man doch sein kann!«

Er lachte. Aber sehr echt klang dieses Lachen nicht.

Eva besuchte die Galerie und damit den Salewski von Zeit zu Zeit, kam vorbei oder nicht, es gab da keinen Plan, kein Arrangement. Dann wieder war Salewski verreist – Geschäftsreisen. Manchmal war die Galerie auch geschlossen: *Closed* – ein Schild hing da. Darauf angesprochen, meinte Salewski nur kurz angebunden: »Vorgestern ist es sehr spät geworden.« Eva dachte sich ihren Teil, lächelte schief, ging aber nicht weiter darauf ein.

Sie wusste ja, dass er die Nächte gelegentlich durchmachte, da und dort: geschäftlich, wie er es nannte.

Wenn ich das schon hör': geschäftlich!

Einmal dann lud sie ihn ein, ihre gesammelten Kunstschätze zu besichtigen, was sie im Lauf der Zeit so zusammengekauft hatte, in diesem Lagerabteil in der Vorstadt. Vorgeblich, um Gewissheit über den Wert der angekauften Sachen zu haben.

»Also – bestimmt nur, wenn Sie Zeit haben. Ich überlege, das eine oder andere abzustoßen. Wo komm' ich hin mit dem vielen Zeug. Was denken Sie?«

Salewski schüttelte den Kopf, er hatte kurz überlegt: »Das würde ich dir jetzt nicht raten.«

»Weshalb?«

»Es kommt immer auf den richtigen Moment an. Auf den richtigen Moment.«

Es war das erste Mal, dass er sie geduzt hatte. Sie standen in dem engen, nicht allzu hellen Raum nebeneinander. Da fühlt man sich. Er lächelte, wie sie an einem Schimmern in seinem Gesicht erkennen konnte, und dieses Lächeln, wenn es ihr auch ein wenig von oben herab vorkam, gefiel ihr, nein, es ging ihr ein, ging ihr gut ein.

*

Schwer zu sagen, wann Eva sich entschloss, sich in den Salewski zu verlieben. Wie kann man sich zu so etwas entschließen, werden Sie fragen.

Sie kam von weit her, Eva: Sie kam aus Brünn, aus der grauen Štefánikova, wie wir wissen. Das bedeutete aber nicht nur, dass sie arm und klein gewesen war, es bedeutete auch, dass sie weit gehen konnte.

Sie hatte bemerkt, dass der Salewski ihr gern zuhörte. Zwar tat er das mit einer Miene, wie man etwa einem braven, etwas einfältigen Kind zuhört. Wie aber gingen diese Mienen nur mit dem Umstand zusammen, dass er ihr manchmal Fragen stellte, Fragen, die doch offenbar bloß den Sinn hatten, sie zum Weitererzählen anzuhalten? Geschichten aus dem Geschäft, von Kunden, von Lieferanten – irgendwelchen Tratsch. Was er besonders gern hörte, um nicht zu sagen, was er liebte, waren Geschichten aus ihrer Kinderzeit, aus ihrer Jugend – als sie noch ein Mädchen gewesen war. Aus Brünn. Da konnte er die längste Zeit zuhören, senkte im Zuhören bald nachdenklich den Kopf, schaute sie nach einer Weile wieder an.

Einmal sagte er dann: »Ich war auch einmal unschuldig.«

»Ja?«

»Erzähl doch weiter«, sagte er, fast ungeduldig geworden und fordernd: »Wie war das damals? Wo bist du zur Schule gegangen? Wie, zum Beispiel, bist du drauf gekommen, Kellnerin werden zu wollen, ausgerechnet Kellnerin, sag?«

»Da ist kein großes Geheimnis dahinter, das war mir von Haus aus klar«, antwortete Eva – mein Gott, was soll diese Frage: »In der Štefánikova war unten an der Ecke ein Gasthaus – ein trübsinniger Laden, sag' ich dir! Die Kellnerin da, sie kam morgens ins Geschäft, ich begegnete ihr auf dem Weg zur Schule, sie war immer gut aufgelegt. Und weshalb?«

Salewski tat so, als überlegte er, verzog sogar ein wenig den Mund.

»Bestimmt hat sie immer viel Trinkgeld gemacht, diese Kellnerin. Obwohl da nur kleine Leute in dem Lokal waren, hat sie viel Trinkgeld gemacht, bestimmt. Wie kommt das, frage ich dich? Wieso? – Na, weil sie mit den Männern gut konnte! Weil sie mit denen konnte. So einfach ist das.«

Eva lachte, schaute den Salewski an.

Der sagte nichts darauf.

Abrupt und ungelenk stand er jetzt auf und machte sich zu schaffen: Hängte ein Bild gerade, legte eine Mappe von einem Platz auf den anderen, machte die Tür zur Straße auf.

Eroberte Eva den Salewski? Ging er ihr allmählich auf den Leim? Oder ließ er alles bloß so hingehen und laufen, wie es lief, ohne Plan, ohne Absicht, ohne Gegenwehr? Oder war es ihm gar recht, wie es lief? Schwer zu sagen. Wer da aber annehmen möchte, dass hier eine Geschichte aus Tausendundeine Nacht erzählt wird, bloß anders herum, zu einem anderen Zweck, der liegt falsch.

Im Lauf der Zeit kam es zu gewissen Vorfällen, zu Unbeherrschtheiten oder, ja, Entgleisungen des Salewski: Plötzlich fiel er über Eva her, packte sie, wollte sie küssen. »Ich, ich«, stammelte er. Sie wehrte ihn ab, ließ es nicht zu. »Was denn? Ja, was denn?«, fragte sie spöttisch, lachte dann auf, hielt sich den Salewski vorerst vom Leib: »Das geht aber schnell!« Ging schließlich aber doch mit einem Lächeln, das nicht frei von Ironie war, auf ihn ein, fasste ihn an den Rockaufschlägen, drückte ihm von sich aus einen Kuss auf.

Mit der Zeit wurde es mehr und mehr, die Sache entwickelte sich.

»Du hältst mich bestimmt für eine Hur'.«

Salewski überging die Frage, wühlte seinen Kopf in ihr Haar.

»Wenn du auch tausend Mal eine Hur' wärst …«

Danach strich sie sich den Rock glatt, ordnete ihre Frisur vor dem Spiegel, der im Büro da hing. Strich sich die Lippen an. Der Salewski wusch sein Glied am Waschbecken und fragte über die Schulter: »Kaffee?«

Beide machten weiter nichts her von diesen Zwischenfällen, redeten wie im Einvernehmen nie darüber. Ist es denkbar, dass Eva insgeheim doch ein Konto aufmachte? Was den Salewski betraf, ging er mit Eifer, für sich vielleicht ein wenig belustigt über den seltsamen Pakt, zur Tagesordnung über. Es war doch schön, irgendwie, offenbar auch für sie, für Eva – es passte und ging so hin.

Hätte man den Salewski auf die Entwicklung der Dinge angesprochen, es wäre ihm wohl ein wenig peinlich gewesen. Was soll man schon sagen? Angenehm? Ideal? Auch schon was? Wahrscheinlich hätte er aber bloß die Schultern kurz angehoben und nachlässig bemerkt: »Neidig?«

Eva ihrerseits behielt das Geheimnis für sich. Mit wem hätte sie auch darüber reden sollen? Sie spürte nicht ungern, dass mit der Zeit ein wenig Vorfreude bei ihr aufkam, ja. Und Salewski? Der verstand es offenbar nur besser, sich zu verstellen.

Oberflächlich sah es so aus, als zöge keiner der beiden irgendwelche Schlüsse, als wäre es beiden gerade so recht, wie es war.

»Kommst mit, nachher – was trinken?«, fragte der Salewski einmal.

»Gute Idee«, antwortete Eva, »wohin soll's denn gehen?«

Eines Tages tauchte der Lajos, ja, der, unvermutet wieder bei ihr auf, in Simmering. Er stand vor der Tür, genau wie sie es vorausgesehen hatte. Es war in der Früh, Eva war gerade aus dem Bett, noch recht verschlafen, als es klopfte. Die Nachbarn, die Mieterin von nebenan, vom Lärm aufgeschreckt, tat so, als hätte sie gerade die auf dem Flur liegende Zeitung hereinholen wollen, und schloss schnell ihre Tür.

Verlegen lächelnd stand der Lajos da.

»Was willst? Bist blank, nicht?«

»Eva!«

»Geh zum Teufel! Hau doch ab!«

»Eva!«

»Jetzt kannst bitten und betteln, so viel du willst! Und drohen auch. Schreien, meinetwegen. – Schrei doch!«

»Ich bring' mich um, Eva. Ich bring' mich um.«

»Ich ruf' die Polizei.«

Am Abend erzählte sie dem Salewski von dem Vorfall, und wie das alles mit dem Lajos gekommen, wie es mit dem gewesen war. Sie weinte, redete sich in Rage, schüttete dem Salewski richtig ihr Herz aus.

»Einmal muss Schluss sein, sag' ich! Einmal ist es genug, nicht wahr.«

»Der bringt sich bestimmt nicht um, verlass dich drauf«, meinte Salewski und goss ihr ein Glas Wein ein.

»Das wird dir guttun.«

Folgsam trank sie einen Schluck.

»Der findet sich schnell eine andere, wirst sehen. Der weiß doch, wie's geht.«

»Der – der hat es doch nur ausgenutzt, dass ich nach dem András ganz durcheinander war, ganz kopflos.«

»Kann ich mir vorstellen.«

»Das mit dem Lajos ist endgültig vorbei, glaub mir: definitiv aus – aus und vorbei!«

»Da wär' ich mir aber nicht so sicher. – Wär' es vielleicht nicht schöner gewesen, wenn er dir um den Hals gefallen wär', dein Lajos? Wenn er gesagt hätte: Ich liebe dich, Eva! Ich steh' ja so auf dich! Ohne dich kann ich nicht leben!«

»Blödsinn! Nein. – Bist leicht eifersüchtig?«

»Nein«, antwortete der Salewski schnell, zu schnell, um dann, ganz leise, hinzuzufügen: »Ja – ein bissl eifersüchtig bin ich schon. Ich geb's ja zu.«

Da legte sie dem Salewski, der den Überraschten spielte, die Arme um den Hals und küsste ihn, küsste ihn, bis er die Lippen auftat.

Was den Salewski anging, er hatte, wie Eva nur zu gut wusste, neben ihr jede Menge Affären, meist mit Damen der Gesellschaft. Wie rasch das ging oder gehen konnte, Eva war das nichts Neues: ein Blick, eine Geste, ein Lächeln – so! Im Verlauf einer Gesellschaft, bei einer Vernissage, einer zufälligen Begegnung auf der Straße. Solchen Geschichten haftet zwar von vornherein etwas Unernstes an: Das hat von Haus aus sein Ablaufdatum, nicht wahr. Natürlich ist man bestrebt, sich das nicht zuzugeben – wo wär' denn sonst auch der Spaß – außer der ganzen Heimlichtuerei?

Sollte doch einmal etwas Ernsteres darunter sein, macht der bestimmt Schluss, der Salewski, da war die Eva sich sicher. Der will doch für sich sein. Was gehen den die Weiber überhaupt an? Im Fall der Fälle schützt er halt Geschäfte vor, redet sich heraus – oder, wenn's gar nicht anders gehen sollte, zieht er alles ins Lächerliche.

Mit mir ist es vielleicht doch was anderes? Oder? Sie erwog es manchmal, überlegte hin und her: Wo sind aber die Belege, die Beweise? Nie drang sie zur Gewissheit vor, zu einem abschließenden Urteil, und vielleicht wollte sie das auch gar nicht.

»Stell dir vor, die, die glaubt doch tatsächlich, sie kann mich um den kleinen Finger wickeln ... lässt mir Geschenke zukommen, Aufmerksamkeiten, wie sie sagt, Theaterkarten, Kinokarten ... was glaubt denn die?!« Salewski erzählte es indigniert, ja mit vorgeblicher Verärgerung.

Taktik? Oder war doch etwas dahinter? Weshalb erzählt er mir das? Will er mich aufzwirbeln?

*

Das Verhältnis zwischen Salewski und Eva, wie man sieht, war dabei, in eine Art von Routine einzubiegen, eine beiderseits begrüßte und festgehaltene Gewohnheit: Eva kam ein, zwei Mal die Woche vorbei, ohne viel Tamtam, einfach so, wenn ihr gerade danach war. Oder der Salewski rief an, meist unter irgendeinem Vorwand: Kaum war sie da, drehte er den Schlüssel an der Eingangstür um, und ab ging es ins sogenannte Büro. Mag sein, dass ihre Begegnungen jetzt etwas ausführlicher und, ja, intimer wurden, geradezu heiß, dass Eva den Salewski nicht mehr so kurz abfertigte wie vordem.

Da wurde Eva krank. Sie erkrankte. Blöd. So was kann leider einmal kommen, wie man ja weiß. Es war nichts Schweres oder gar Lebensbedrohendes, aber immerhin, es war schwer genug: Sie musste ins Spital.

»Es ist wegen der, der Abtreibungen … die ich früher, in Brünn damals – wie soll ich sagen? Die

Männer, erst sind s' verrückt ... dann geben s' dir immer nur Geld, machen ein bekümmertes Gesicht dazu, wollen die Sache erledigt sehen ... klar.«

»Wie alt warst du damals?«

»Nicht sehr alt.«

Eva schaute zu ihm auf und lächelte.

»Was für Schweine!«

Da beugte der Salewski sich mit einem Ruck zu ihr vor, er saß ja auf der Bettkante, eng neben ihr, nahm ihre Hände und küsste sie.

*

Die längste Zeit lebten sie so miteinander, dem Sinn nach, dass sie nicht voneinander lassen wollten oder konnten, aus Gründen, die nicht eben klar waren, jedenfalls nie angesprochen wurden oder zur Debatte standen. Es war wohl beiden recht so, eine eingehende Erörterung wäre zu kompliziert gewesen – und vielleicht auch gefährlich – oder gar verheerend.

Immerhin raffte die nach ihrem Spitalsaufenthalt halbwegs wiederhergestellte Eva sich an einer Nebenfront auf und stellte den Toni, ihren Ex, den flotten Grafen, mit Entschlossenheit vor die Entscheidung: »Entweder ich krieg' jetzt für den Laden in der Bräunerstraße einen langfristigen Vertrag – oder ich schmeiß' dir alles hin!«

»Wovon willst denn leben, ha?!«

»Geht dich nix an.«

»Hast leicht einen Financier?«

Toni grinste – doch das Grinsen verging ihm bald. Eva blieb hart. Für den Grafen bestimmt ein Problem, hatte er sich doch daran gewöhnt, ohne jeden Aufwand regelmäßig abzukassieren – und nicht zu knapp. Nach etlichem Gezerre gab er widerwillig, aber grundsätzlich nach: Man einigte sich auf einen Pachtvertrag für neunundneunzig Jahre.

»So alt werden selbst in den Märchen nicht einmal die Glücklichsten«, knurrte er.

Oft schaute Salewski Eva, wie er sie nun nannte, nach dieser Geschichte verstohlen von der Seite her an, ja, er beobachtete sie: So was! Diese Aktion mit dem Grafen hätte er ihr nicht zugetraut.

Er beobachtete sie mit Ausdauer, möglichst unauffällig – und doch auch beinah schon liebevoll: wie ein fremdartiges Tier, ein Tier, dessen Lebensgesetze man nicht kennt, über das man aber alles wissen möchte – so beobachtete er sie. Wie sie aß. Wie sie ein Glas hielt. Worüber sie lachte. Worüber nicht. Weshalb denn das? Weil es einen angeht. Weil es dich betrifft. Weil du es wissen musst. Wie das? Einerseits konnte er Eva, wir wissen es, die längste Zeit nicht für voll nehmen. Doch andererseits, in weit grundlegenderer Hinsicht, hab' ich sie doch immer für voll genommen, redete er sich jetzt vor: Weshalb hätte ich sie denn sonst so nah an mich heranlassen sollen? Weshalb denn?

»Sie ist stark, Eva«, hätte er wohl geantwortet, hätte ihn einer danach gefragt. Mag sein, hätte er seinem Satz nachgesonnen: was wohl damit gemeint war.

»Sie versteht es. Sie versteht es.«

»Was meinst du damit?«

»Sie versteht es.«

Irgendwo war er doch stolz auf sie.

Trotzdem humpelte ihre Beziehung zeitweise nur so fort, gerade dass Telefonanrufe zwischen der Bräunerstraße und der Galerie hin- und hergingen. Zuzeiten trank der Salewski auch wieder, vergaß sich völlig, toste durch die Nächte und sank. Das Geschäft lief gut, er hatte weiterhin Erfolg. Seltsam: Das berührte ihn aber kaum mehr, war ihm egal. Das Geschäft lief – na, und? Wenn er jetzt morgens, wie es seine Gewohnheit war, im Bad in den Spiegel schaute, überprüfte er bloß noch, ob er auch ordentlich rasiert war.

Bin ich es zufrieden? Bin ich es wirklich zufrieden? – Das darf doch nicht wahr sein!

Eva fiel ihm ein.

Da lächelte er, aber das Lächeln wurde ihm schnell sauer. Er musste sich nämlich bei aller

Selbstsicherheit zugeben, dass ihm, wollte er die Sache auch gleich wegschieben, dass sie ihm wichtig war, diese sogenannte Sache, dass sie etwas bedeutete – aber was?

»Hallo, Eva!«

»Hallo, Ulrich.«

Wenn er sie gelegentlich nach einem Fick streichelte, ihr Haar, ihre Wangen streichelte, im Grund gedankenlos und nur, weil's ihm selbst guttat, weil ein zu abruptes Auseinandergehen doch irgendwie peinlich oder ungut gewesen wäre, kam ihm manchmal die Einsicht, plötzlich war sie da: Dass er sie streichelte mit der Absicht, lieb zu ihr zu sein, ihr etwas zurückzugeben vielleicht.

Er konnte diesen Gedanken nicht wegscheuchen, so gern er es auch getan hätte: Dazu war der Gedanke zu neu und funkelte geradezu.

»Ficken macht halt blöd«, suchte er sich vor sich selber herauszureden.

Gelegentlich war es doch auch wieder anders, da war ihm, als würde er einen ihm fremden Stoff berühren, einen Köper, der ihn nichts anging, ihn nicht kümmerte, der eben nur so da war.

Wie schnell starb doch der Duft, der ihn verwirrte, ja beglückte, beglückt hatte, oder, um ein anderes Bild zu gebrauchen, das Wohlige, Warme, Flüssige trocknete rasch auf.

»Wenn ich nur wüsste, was ich von dir will«, sagte er einmal nachdenklich und zugleich wieder ein wenig unernst zu Eva, »das wüsste ich nur zu gern.«

»Einmal wirst du es schon wissen.«

War Eva allein, saß sie etwa in ihrer Wohnung in Simmering nachts vor dem Fernseher und schaute sich eine dieser Serien an, so konnte es vorkommen, dass ihr plötzlich kalt wurde, so kalt, dass sie sich aus dem Schlafzimmer eine Decke holen ging. Aber das half nichts: Ihr war kalt, es fröstelte sie, und sie wünschte sich mit einem Mal, Salewski wäre jetzt da.

Was würde ihr das helfen? Die Männer, die sie gehabt hatte, fielen ihr ein, und sie sagte sich: Immer hab' ich doch geglaubt, ohne den oder den nicht auskommen zu können – und dann hab' ich es doch gekonnt.

Von fern tauchte sogar der András auf, der Visvary, der war doch schon lange tot und ganz unwirklich, ein richtiges Gespenst: Sie war ihm gut, diesem Schatten, der sich im übrigen gleich in eine Helligkeit hineinverlor, die ganz leer war.

Selbst der Lajos, der mir einmal so viel bedeutet hat, ist mir jetzt ganz gleich.

Es gab Tage, da liebte sie den Salewski. Ich bin verliebt, verliebt. Verliebt wie ein junges Mädchen.

Ich liebe dich! – Was heißt das aber? Es tut gut, jemand gernzuhaben, zu lieben. Das weiß doch jeder. – Sie wurde ernst, weil sie einsah, dass sie nicht hätte sagen können, was es war, das sie da Liebe nannte. Körperlich war da nichts Besonderes, nichts Berauschendes. Vielleicht war es das Gefühl, dass sie am Salewski nicht so ohne Weiteres vorbeikonnte. Dass er jetzt da war. Dass er nicht so schnell weggehen würde. Spintisiererei! Dummheiten. Wie es kommt, wie es geht. Das alles hat es doch schon gegeben, tausend Mal: Es passiert, passiert nicht. So oder so. Vielleicht. Wahrscheinlich. Man kann nie wissen. Wie es kommt. Und dann … dann kommt der Schluss, die ganze Weisheit, und du stehst wieder allein da. Sie fasste sich an der Hand, packte sie ums Gelenk und drückte fest zu, fest und fester.

Ja – ich bin froh! Ich freu' mich. – Das hat doch auch sein Gutes. Wenn's auch bloß Flausen sind; oder Wünsche; oder Hoffnungen.

Es richtete sich ein, dass die beiden, Salewski und Eva, jetzt gelegentlich miteinander ausgingen. Wir wollen diese Verabredungen oder Rendezvous bestimmt nicht als etwas Besonderes vorstellen – was sie nicht waren: Sie speisten irgendwo, plauderten ein wenig, erzählten sich was, tranken sich einen Rausch an – waren übermütig, ausgelassen, vielleicht sogar froh, zumindest nicht traurig –, sodass keiner von den beiden wollte, es möchte gleich aufhören und zu Ende sein, ja: um keinen Preis der Welt.

In der sogenannten Gesellschaft wurden sie schon als Paar gesehen und wahrgenommen – was dem Salewski nicht so ganz recht war, die längste Zeit versuchte er, gerade das zu verhindern, was freilich nicht gelang.

Es kam dazu, bei einer Vernissage, dass einer den Salewski beiseitenahm und ihm sagte, er sagte es ihm ins Ohr, mit gespielter Diskretion: »Was hast dich denn grade mit dem Trampel eingelassen, was ist denn so besonders an der?«

Salewski packte den Mann am Kragen, schob ihn bei der Tür hinaus – das sprach sich herum.

»Was regst dich denn so auf? Was regst dich denn groß auf? Was machst denn ein Gesicht?«, meinte Eva, als er ihr davon erzählte: »Was geht uns das an? – Geht's dich denn was an, was die Leute denken?«

Eines Tages fuhren sie nach Brünn. Was für eine Idee! Zwar hatten sie oft davon geredet, einmal hinzufahren – in die sagenumwobene Štefánikova, ins märchenhafte Královo Pole, wie Salewski sich ausdrückte –, aber ganz ernst war das nie gemeint gewesen.

»Ich muss doch einmal sehen, wo du herkommst, Eva«, erklärte der Salewski dann, wohl aus einer Laune heraus: »Also – wann fahren wir?«

Sie fuhren erst nach Lesná, zu Evas Eltern. Salewski wusste in der drangvollen Enge der Wohnung buchstäblich nicht, wo er sich hinsetzen, ja nicht einmal, wo er hinschauen sollte. Zum Glück kann ich kein Tschechisch, sagte er sich, so muss ich nicht mitreden. Verlegen bediente er sich am Festessen, das die Eltern aufgetragen hatten: Schweinsbraten mit Knödel, Sauerkraut dazu. Zuletzt holte der Vater eine Schnapsflasche hervor und nötigte dem Salewski so viele Gläser auf, dass der einen roten Kopf bekam.

»Schauen wir doch im Lužánky vorbei, im Park«, meinte Eva, nachdem sie sich von den Eltern verabschiedet hatten und beieinander untergehakt die Štefánikova hinunterbummelten.

Sie legten sich auf eine der Wiesen, auf ein Plaid, das Eva fürsorglich mitgenommen hatte.

Zum Himmel aufschauend, schwiegen sie eine Weile, lagen Arm in Arm da.

»Sollten wir vielleicht doch eine gemeinsame Wohnung nehmen, was meinst du?«, fragte Eva.

»Da könnten wir jeden Tag mitsammen im Bett liegen.«

»Genau.«

»Und ficken.«

»Ob du das zusammenbringst?«

»Hast du eine Ahnung!«

Als der Zug durch die Ebene Richtung Wien fuhr, schaute Salewski zum Fenster hinaus, und er dachte nicht viel. Er war ein wenig müde. Kurioser Tag! Wie es manchmal vorkommt, besann er sich plötzlich, und er sagte sich etwa: Wenn ich vernünftig sein will, brauche ich nur einfach weiterzumachen wie bisher. Oder ist es doch besser, einmal unvernünftig zu sein?

Um sich abzulenken, stand er auf und betrachtete sich in dem kleinen Spiegel, wie er in jedem Abteil hängt: Da war freilich nichts Besonderes zu sehen: ein Mann um die Fünfzig, noch nicht ganz grau. Was hätte da auch schon Besonderes zu sehen sein sollen?

Der Gedanke machte ihn schmunzeln: Was hätte es denn schon sein sollen – dein Besonderes?

Er schaute zu Eva hinüber, die eingeschlafen war. Der Kopf war ihr auf die Schulter gesunken. Sie atmete flach, fast unmerklich. Salewski bückte sich, rückte Eva ein wenig in ihrem Sitz zurecht, damit sie es bequemer hätte.

»Hörst du mich?«

Zu wem war es gesagt?

Lange schaute er Eva an. Er sah aber nicht ihr sprödes Haar, die Falten an ihrem Hals, die feinen Schweißtüpfelchen auf ihrer Oberlippe, ihre trockenen, etwas zu groß geratenen Hände, die in ihrem Schoß lagen. Er sah sozusagen die Eva als Ganzes, als Mensch, wie man sagt – und da fühlte er etwas, das er – wie er es auch drehen und wenden wollte – das er, obwohl er jetzt doch wusste, was es war, unbenannt ließ, weil ihm beikam, und mit einem Mal ganz gewiss, dass es so sicherer, ja ganz sicher bewahrt war.

Tak-Tak schlugen die Räder des Zuges. Noch eine gute Stunde bis Wien.

Peter Rosei im Residenz Verlag

Peter Rosei
Karst
Roman
176 Seiten
EUR 22,00
ISBN 978 3 7017 1690 6

Mitteleuropäisches Panorama und präziser gesellschaftlicher Befund: Peter Rosei schreibt pointiert und unerbittlich über unsere orientierungslose Zeit.

Ein kleines, tückisches Meisterwerk. (...) Man muss dieses famose Buch lesen, um zu wissen wie es um uns Besserwisser bestellt ist. Ein kleines, ein meisterliches Werk.
Ronald Pohl, DER STANDARD

Eine Versuchsanordnung aus der Welt des Neoliberalismus. (...) In seiner elegant-lakonischen Sprache schält Rosei die Nervenfäden der Beziehungen heraus. (...) Es ist mit beträchtlichem Lesevergnügen verbunden.
Erwin Riess, DIE PRESSE

Rosei liefert darin eine knappe, aber trotzdem vielschichtige Bestandsaufnahme einer Gesellschaft, in der Gleichgültigkeit zunehmend wichtiger wird als Solidarität.
ORF ZIB 1

Peter Rosei im Residenz Verlag

Peter Rosei
Die große Straße
Reiseaufzeichnungen
256 Seiten
EUR 22,00
ISBN 978 3 7017 1717 0

Der Autor, der so viel gesehen hat, ist nach wie vor neugierig. Nicht auf das Weltkulturerbe, auf Kunstschätze und Heiligtümer, so sehenswert sie auch seien, sondern darauf, was fremde oder mittlerweile auch vertraute Orte in ihm auslösen – und auf Menschen. Weil Rosei ein Auge für kleine Begebenheiten hat, die für etwas Größeres stehen.

Stefan Fischer, SÜDDEUTSCHE ZEITUNG

Wo andere den faszinierenden Gegensatz zwischen den Wolkenkratzern und den dörflichen Ensembles aus kleinen alten Gebäuden in Tokyo in kräftigen Antithesen ausschmücken würden, genügt Rosei ein Absatz mit einem einzigen Wort: »Holzhäuser.« Diese stellenweise Zurückhaltung in der Ausgestaltung, das Notizhafte, schafft Freiräume für die Imagination der LeserInnen.

Ö1 EX LIBRIS

(…) hier ist jemand dankbar, dass er das alles sehen darf. (…) So liest man gleich noch lieber, was sich in fünf Jahrzehnten an Aufzeichnungen angesammelt hat. Amerika, Asien, Europa.

Peter Pisa, KURIER

Peter Rosei im Residenz Verlag

Peter Rosei
Die Wiener Dateien
Fünf Bände im Schuber
Wien Metropolis
Das große Töten
Geld!
Madame Stern
Die Globalisten

Peter Rosei bringt nicht einfach Licht in das Dunkel. Er rückt die Dunkelheit selber ins Licht.
Samuel Moser, NEUE ZÜRCHER ZEITUNG

Peter Rosei arbeitet seit Jahren unermüdlich an einem österreichischen Sittengemälde, das von der Nachkriegszeit bis in die Gegenwart reicht.
Bayern 2 – BuchFavorit

Rosei interessiert sich wie wenige andere Autoren für das Schmiermittel jener großen Maschinerie, die seit einigen Jahren unablässig rattert, gewaltige Reichtümer und enorme Schulden erschafft und die Gesellschaft nach ihrem Rhythmus zu tanzen zwingt. Kurz, in seinen bisherigen Büchern geht es um Macht und Geld. Und, natürlich, um die Frage, wie die Gier den Einzelnen und die Gesellschaft zerstört.
Karl-Markus Gauss, SÜDDEUTSCHE ZEITUNG